새가 날아든다

푸른도서관 32

# 새가 날아든다

초판 1쇄/2009년 7월 20일
초판 3쇄/2013년 2월 25일

지은이/강정규
펴낸이/신형건
펴낸곳/(주)푸른책들
등록/제321-2008-00155호
주소/서울특별시 서초구 양재천로7길 16 푸르니빌딩(양재동 115-6) (우)137-891
전화/02-581-0334~5 팩스/02-582-0648
이메일/prooni@prooni.com 홈페이지/www.prooni.com

글 ⓒ 강정규, 2009

ISBN 978-89-5798-178-8  03810

이 도서의 국립중앙도서관 출판시도서목록(CIP)은 e-CIP홈페이지(http://www.nl.go.kr/ecip)와
국가자료공동목록시스템(http://www.nl.go.kr/kolisnet)에서 이용하실 수 있습니다.
(CIP제어번호 : CIP2009001728)

# 새가 날아든다

강정규 지음

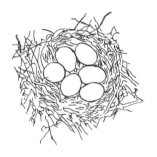

푸른책들

# 차 례

제1부

# 구리 반지

정암 선생은 이북이 고향입니다. 전쟁 때 가족과 헤어진 사람은 한둘이 아닙니다. 할아버지도 그 가운데 한 분이지요. 이런저런 사정으로 가족과 헤어진 사람들은 대부분 이남에 와 새 가정을 꾸몄습니다. 그런데 할아버지는 끝내 혼자 살다 가셨습니다. 이북에 가족을 두고 월남한 이들 중에 끝까지 혼자 살다 가신 분도 한둘은 아니지요. 그러나 할아버지는 그런 분들과 여러 모로 달랐습니다.

할아버지는 혼자 살며 그림을 그렸습니다. 그 그림도 한지에 먹으로만 그렸습니다. 크고 작은 접시가 수십 개, 굵고 가는 붓 또한 수백 개. 그것으로 그려 내는 빛깔과 모양은, 울긋불긋 색채를 사용하는 그림과 달리 신비한 느낌까지 주는 것이었습니다.

할아버지는 먹물의 농담만으로 색채 이상의 효과를 내셨던 거죠. 한라산의 백록담과 백두산 천지, 금강의 사계절과 지리산의 구름바다를 그리셨어요. 한강과 대동강, 황소의 코뚜레와 천장에 매단 메주, 벽에 걸린 옥수수도 그렸습니다. 밭 매는 아낙네와 제기 차는 아이, 썰매 타는 아이들과 방패연도 그렸습니다. 아기 업고 장에 가는 보퉁이 인 아낙네와 위여위여, 쟁기질하는 농부도 그렸습니다. 길이가 수십 미터에 이르는 낙동강 칠백 리를 그리고 처마 밑 제비집과 입을 짝짝 벌린 여섯 마리의 아기제비, 잠자리 물고 온 어미제비도 그렸지요. 그러는 사이 오십 년의 세월이 흘렀습니다.

할아버지는 그 동안 수많은 아들딸을 키웠습니다. 수십 명에 이르는 성 다른 아들딸을 가르쳤습니다. 밤낮없이 그림을 그려, 가난한 학생들의 학비를 댄 거지요. 그 가운데 맨 꽁지가 우리 아버지랍니다.

아버지도 그림을 그립니다.

할아버지는 생전에 수많은 아들딸을 길러 내셨지만 그 중에 그림을 그리는 사람은 아버지뿐입니다. 그러나, 아버지 그림은 할아버지 그림과 여러 모로 다릅니다. 크고 작은 접시와 굵고 가는 붓도 사용하지만, 할아버지처럼 먹물 또한 쓰긴 쓰지만,

아버지가 즐겨 다루는 것은 녹황청적 화려한 색채 쪽이지요. 그리는 대상도 용이나 불상 등이랍니다.

아버지는 처음에 궁궐이나 사찰 등 우리 나라 전통 양식의 건축물에 여러 가지 빛깔로 그리는 그림이나 무늬를 좋아했습니다. 그런데 아버지는 다리가 불편하답니다. 소아마비로 거동이 자유롭지 못한 아버지는 나중에 탱화의 명인이 되셨습니다.

그렇다 보니 아버지는 집에 계실 때가 드뭅니다. 탱화불사가 있는 기간은 꼬박 절간이나 작업실에 가 계시거든요.

"이제 떠나자."

아버지가 두루마리를 챙겨 들고 말씀하셨습니다. 어머니가 아버지를 부축하십니다.

"밤은 챙겼지?"

어머니가 웃으며 말씀하셨습니다.

"그럼요, 칼두요."

내가 멜빵 가방을 툭, 쳐 보이며 대꾸했습니다. 그 속에는, 내가 시장에서 골라 산 알밤과 잘 드는 작은 칼이 들어 있습니다. 그 밖에 배며 사과, 감이며 대추 등 과일도 들어 있고요.

보통 '삼색과'라고 부르는 이것들은, 관혼상제에 쓰이는 세 가지 빛깔의 과실로, 깎은 밤, 붉게 익은 대추, 그리고 옛날엔 검은 잣을 일컬었으나 근래에는 잣 대신 쓰는 곶감을 말합니다.

이 가운데 '깎은 밤'이 내 몫이지요. 내가 손재주가 좀 있는 편이거든요. 아버지가 연필을 직접 깎아 쓰게 하셨고, 어머니가 일찍부터 종이접기 등 만들기를 가르친 때문인지 학교에서도 '공작'이라면 내가 으뜸이고, 그래서 조각가가 꿈이기도 합니다.

어머니가 운전석에 앉고 아버지와 나는 뒷자리에 앉았습니다. 아버지가 건강하시면 자리가 바뀌었을 텐데, 그래서 앞에 나란히 앉은 부모님을 뒷자리에서 바라보며 가는 것도 좋을 텐데……, 잠시 그런 생각을 하다가 나는 아버지 팔짱을 꼈습니다. 아버지가 날 바라보며 빙그레 웃었습니다.

연안 부두에는 휴일을 즐기려는 많은 여행객들이 나와 있었습니다. 우리는 차에 탄 채 배에 올랐지요.

"바다 구경하련?"

어머니가 말씀하셨습니다.

"엄만 아빠랑 있어, 뒷자리로 와서."

내가 말했습니다.

"녀석두 참!"

아버지가 웃으며 내 등을 쓰다듬었습니다.

나는 자동차 사이를 빠져 나와 계단을 올랐습니다. 배를 따라오는 갈매기에게 새우깡을 던져 주는 사람, 멀어지는 육지를 바라보며 손을 흔드는 사람, 비틀거리며 카메라를 들고 사진을 찍는 사람들이 보였습니다. 나는 어른들 틈에 끼어 얼른 난간을 잡았습니다.

"이 녀석! 너, 권 총무 아들이지?"

담배를 피우던 한 어른이 아는 체를 했습니다.

"맞어, 막내네 맏상주!"

"그려, 밤 잘 치는 놈!"

곁에 서 있던 어른들도 한 마디씩 했습니다.

"그래, 아빠는 어디 계시냐?"

"차 안에요."

"그렇지, 그렇겠지."

이들 모두가 할아버지 제사에 가는 분들이죠. 할아버지 도움으로 공부한 '정암 장학회'의 회원이기도 하구요.

아버지는 그 장학회의 부총무랍니다. 나는 잠시 마음이 꼬부라집니다. '부총무'라는 아버지 직함 때문입니다. 차라리 그냥 회원이라면 괜찮아요. 그런데 할아버지가 가장 사랑한 아들이니까, 감투라도 하나 씌워 준 것 같은 느낌을 받아 왔던 거죠. 그러나 금세 풀렸습니다. 어른들이 별 생각 없이 한 말이고, 제삿날 잊지 않고 오는 분들은 그래도 오지 않는 사람에 비하면 훨씬 가깝게 느껴졌으니까요. 그리고 이들은 모두 성은

다르지만 내겐 '큰아버지'거든요.

휴전선이 가까운 서해 외딴섬. 이 날 부두에 내린 사람들은 거의가 할아버지 제사에 참석할 큰아버지들이었습니다. 배는 잠시 섰다가 다른 섬으로 떠나고, '우리들'은 서로 인사를 나누었습니다. 차를 가져 온 사람, 가족과 함께 온 사람, 혼자서 술병 하나 달랑 들고 온 사람들이 떠들썩하게 어울렸습니다. 악수를 나누고 농을 주고받고 얼싸안고 등을 두들기기도 하고 초면인데도 내게 꿀밤을 먹이는 큰아버지도 있었습니다.

아들딸들이 장성하여 뜻 모아 장학회를 만들자 할아버지는 서울 집과 작품들을 모두 정리하여 장학 기금에 보태셨습니다. 그리고, 이 곳에서 홀몸으로 말년을 보내셨답니다.

섬마을 삼간초옥이 일 년 만에 다시 떠들썩해졌습니다. 각자 마련해 온 음식들이 쏟아져 나오고, 가스 레인지며 그릇들까지 이 차 저 차에서 나왔습니다. 조립하여 세울 수 있는 제사상까지 가져 온 사람도 있었습니다.

저녁 식사 후 나는 겉껍질 벗겨 물에 담갔던 밤을 정성껏 깎았습니다. 물에 불린 밤을 북 모양으로 깎는 일을 어른들은 '친다'고 말합니다. 나는 할아버지가 잡술 것이라고 생각하며 정성껏 밤을 치고, 둘러앉은 어른들은 장학회와 할아버지에 대한 이야기를 나누었습니다.

―어느 해던가, 통금이 있던 때였어. 전시회 준비로 우리들이 여관에 들었지. 선생님과 새벽에 여관을 나섰는데, 건널목에 당도하니 빨간 불이라.

―선생님께서 멈춰 섰어. 우리도 그 자리에 멈춰 섰지. 빨간 불이니까 당연지사지. 십일 월인가 십이 월인가, 여하튼 새벽 바람이 몹시 찼어. 거리엔 차는 물론 사람도 없었어. 그런데 빨간 불이 꺼지질 않아. 신호등이 고장난 거라.

―우리들은 아무 생각 없이 건널목을 건넜지. 그런데 선생님이 보이지 않았어.

―그 때 저 아래쪽으로, 플라타너스 이파리가 날리는, 가로등 밑을 걸어가시는 선생님 뒷모습이 보였어. 그리고, 고장나지 않은 신호등이 있는 그 아래쪽 건널목에서, 한참 기다려 파란 불이 들어오자 길을 건너고, 옹기종기 모여 떨고 서 있는 우리들 곁으로 천천히 걸어오셨어……

―그리구 또 있어. 미국에 가 있는 그 친구, 물리학 박산가 생물학 박산가 하는 친구 있지? 그 친구가 어느 해 선생님을 찾아 왔어. 모처럼 무슨 학술회의 참석차 서울에 왔다가 선생님을 뵙구, 이렇게 저렇게 북에 계신 사모님과 연락이 닿을 것 같다며, 평양의 선생님 고향집 주소와 자녀들 이름을 여쭤 봤다는구먼.

—그 얘기 나두 아네. 깍지 낀 손마디만 옥죄이며 한참이나 뜸 들이다가, 선생님께서 겨우 하신 말씀이, 그런 사람 어디 한둘이냐며, 소식 몰라 애태우는 사람이 이 강산 어디 나뿐이겠냐면서, 자네들 이렇게 다 잘 됐으니 그 곳 가족들도 다 잘들 있을 것이라며 끝내 다른 말씀하지 않으셨다지, 아마?

—그리구, 나오다 봉께, 왼손 무명지에 낀 구리 반지를 바른 손으로 자꾸 쓰다듬구 계셨대잖여…….

—그 후, 여기 오셔서 마지막으로 그리신 게 저 그림이라네.

밤을 치다가, 나는 벽에 걸린 그림을 다시 쳐다보았죠. 흙담 초가, 마당가에 선 감나무는 잎을 다 떨군 채 끝 가지에 홍시 몇 개 달고 있고, 반이나 기운 사립문 옆으로 수건을 쓰고, 한 손에 호미 든 아낙네가 검정 고무신 신고 서 있습니다.

그 그림 속 아낙네를 나는 본 적이 있지요. 그것은 어쩌면 행운이었고, 나만의 비밀이기도 합니다.


"할아버지가 널 찾으셔."

수업 중인데, 어머니가 차를 타고 오셔서 날 불러 냈습니다. 섬에서 급히 모셔 왔다는 할아버지는 대학 병원 침대에 누워 계셨습니다. 그리고 침대 주위엔 큰아버지들이 둘러서 있고, 그 가운데 아버지도 계셨어요.

"아버님, 우리 애가 왔어요."

어머니가 내 손을 잡다 할아버지 손 위에 올려놓으며 말했습니다. 어른들은 모두 말이 없었습니다. 수건으로 입을 막거나 눈물을 훔치고 있었지요.

"그래? 그럼, 가자!"

할아버지가 갑자기 내 손을 잡고 몸을 일으켰습니다. 그리고 어느새 침대에서 내려선 할아버지는 내 손을 잡은 채, 바람같이 병실을 나섰어요.

"늬 애비, 다리가 한 쪽 성치 못해 늘상 내 맘이 아팠니라. 북에 두고 온 놈도 왼쪽 발이 그랬는데…… 몸이 성해야 쓰는디…… 늬라도 성한 발로 걸으니 참 다행이구나."

할아버지는 어느새 나를 등에 업고, 한 손으로 내 발을 연방 쓰다듬으며, 나는 듯이 바다를 건너고, 나는 듯이 산을 넘어 낯선 바닷가 초가집 앞에 당도했어요. 거기 그 아낙네가 감나무 밑에 그림같이 서 있었습니다.

"내 항상 당신과 같이 있었는데, 내 먼저 길을 떠나니, 더 기다릴랑 말고, 인자, 내가 가서 기다릴 차례이니, 천천히 오우다."

할아버지가 구리 반지를 한 짝 빼내 아낙네 손가락에 끼워주고, 어느새 할아버지는 내 등에 가벼이 업히고, 나는, 나는 듯이 내를 건너고, 나는 듯이 들판을 지나 산을 넘고 바다를 걸어서 건너, 이 곳 서해 바다 외딴섬 삼간초옥에 도착했지요. 그런데, 어쩌다 보니, 나는 다시 병실로 혼자 들어서고 있고, 할아버지는 아까 모양 그대로 침대 위에 누워 계신데, 갑자기 어른들이 아이고, 울음을 터뜨렸습니다.

"인자 제사를 모셔야 되겠네."

부두에서 꿀밤 주시던 큰아버지가 말했습니다. 그 때, 잠자코 있던 아버지가 나섰어요.

"사모님 돌아가셨다는 소식 풍설에 듣고 나서야 뒤늦게 선생님 영정을 손댔지요……."

아버지가 두루마리를 펴자, 거기 할아버지가 나타났습니다.

아버지는, 아낙네 그림 옆에 할아버지를 나란히 세웠습니다. 그러자, 먹으로 그린 아낙네의 곱상한 얼굴에 주름이 잡히고, 머리카락까지 갑자기 희어지는가 싶더니 웃음빛을 띠우고, 할아버지 역시 주름살이 움직이면서 빙긋이 웃는 모습으로 변했습니다.

지방이 모셔지고 두 개의 술잔 사이, 제기 위에 받쳐 놓은 외짝 구리 반지가 촛불 빛에 반짝, 빛을 냈습니다.

# 삼거리 국밥집

경부선 천안역 근처에 국밥집이 하나 있다
이름하여 다름 아닌 삼거리 국밥집,
가게 주인 할머니는
병신 딸 춘자 씨와
평생을 함께 산다.

어느 해 봄날 아침
갑자기 양딸이 됐다는 춘자 씨는,
입도 돌아가고
눈알도 돌아가고
두 손발 모두 뒤틀려

외로 조금씩 돌아간 사람이다.
게처럼 옆으로 걸으며
국그릇도 나르고
그러나 언제나 웃으며
청소도 하고
때로는 수십 마리
개어미 된다.
외눈박이,
세 발 강아지,
갖가지 병신 개들
가게 뒤곁 공터에 모여 사는데
춘자 씨가 밥 먹이고 돌보기 때문이다.
주인 할머니 양순 씨도
고것들 불쌍하고 가여워 어느새 개할미 되고
그래서 그들은 모두 한 가족이다.
오늘은 모처럼 그네들 사연이나 들어 보자!

양순 씨는 애당초 개성 여자다.
어떤 이 얘기로는 개풍 처녀다.
여자치고 한때 처녀 아니었던 이 있나,

여하튼 양순 씨는 이북이 고향이고
'개' 자 든 동네에서 살았던가 보다.
이북이나 이남이나 다를 바 하나 없지
땅 밟고 하늘 이고 사는 세상,
어느새 세월이 흘러
양순 씨 시집가서 첫 딸을 낳았는데
돌 지난 지 얼마 후에 열병에 걸렸구나.
열병을 앓아도 그냥 앓다 일어나면
잠시 잠깐 애 끓일 뿐 무슨 상관 있겠는가,
홍역 치레인가 싶어 하루 이틀 지내는데,
산토끼 똥 구해다 달여 먹이고
그러다 낫겠지 싶어 사흘 나흘 보냈는데,
어느 날 새벽
갑자기 눈 뒤집고 버리적거리더니
게거품 내뿜으며 사지가 돌아가더란다.
입도 돌아가고
두 눈도 돌아가고
두 손발 모두 뒤틀려
왼쪽으로 조금씩 돌아가더란다.
전해 듣는 얘기가 대개 그렇듯

그런 경우 병이 나면 백약이 무효,
용타는 의원들 모두 고갤 흔드는데
그 무렵 서울 용산 근처
신묘한 의술 지닌 이 있다는 소문 들려
넋 놓고 앉아 있던 양순 씨 벌떡
일어서게 하고,
하루 이틀이면 돌아오겠거니
약값만 품에 지닌 채 집을 나섰네.
몇 날 며칠 걸었던가 용산 근처 당도허니,
소문 듣고 찾아온 병자들 양순 씨 외 한둘인가,
그야말로 장사진인데 순서 딱지 표 한 장씩 받아들고
여관잠들 자는구나.
약값을 쓸 수 있나,
노잣돈을 쓸 수 있나
숙박비 따로 없고
밥값 또한 따로 없다.
양순 씨 생각다 못해 국밥집에서 식모살이,
불쌍허다 우리 아기
병신 자식 어쩔거나,
손 터지고 발등 붓고 겨울 한철 보냈구나.

딱지 순서 오기 전에 38선 굳어지고
철조망은 녹이 슬고 세월은 또 흘러흘러
양순 씨 가슴 숯덩이 되었구나.

처음 얘기로 다시 돌아가서,
경부선 천안역 근처에 국밥집이 하나 있는데
가게 주인 양순 씨는 병신 딸 춘자 씨와
평생을 함께 산다.

국경 아닌 국경이요, 경계 아닌 경계로다.
잇속 없이 서로 다치고 죽이는
전쟁에 휩쓸리고,
병신 딸 다시 못 본 채 굳어 버린 휴전선,
고향에 다시 못 가고
어쩌다 저쩌다 국밥집 주인된 양순 씨,
식모살이 30년에 사장님이 되었구나.
양순 씨 거동 보소,
자나 깨나 밤낮없이
누구를 기다리나,
손님을 맞다가도 창문 밖 바라보고

기차 떠나는 소리에도 먼 하늘 쳐다보고
바람 부는 소리에도 문 열고 내다본다.
지나가는 노인네 불러 국밥 한 그릇 대접허고
찾아오는 걸인 맞아 국밥 한 그릇 퍼내 놓고
그렇게 사는 동안 20년 세월이 또 흘렀구나.

어느 날 한밤중에 비바람 부는 소리
문 열고 내다보니 병신 딸이 게 섰구나.
이것이 뭔일인가, 어디 갔다 이제 왔나
늬가 여기 웬일이냐?
어서, 불러 밥 먹이고 젖은 옷 갈아 입히려
헌 옷가지 찾아오니 그 사이 가고 없네.
꿈인가 생시인가 어느 날 한밤중에
눈보라 치는 소리 문 열고 내다보니
병신 딸이 또 왔구나. 어서, 불러 밥 먹이고
등 뜨신 옷 챙겨 주려고 방에 들렀다 나와 보니
이 녀석 또 어디 갔는가.
생시던가, 꿈이던가 그 후부터 날만 궂으면
자다가도 문 여는 버릇,
눈보라 치는 밤이면

초저녁부터 잠 못 들고

이리 뒤척 저리 뒤척

오매불망 기다려도

다시 오지 않았구나.

그러다 어느 해 봄날, 꽃피고 새 우는 아침

유채꽃 한 가지 꺾어 귀 뒷머리 장식허고

게같이 옆 걸음 걸어 큰 아기 찾아왔네.

국밥 한 그릇 비우더니

건져 놓은 돼지 뼈다귀

양 손에 하나씩 들고

문 밖으로 나가는구나.

거기 밖에 뭬 있는고?

외눈박이

세 발 강아지

갖가지 병신 개들

거렁뱅이 어미마냥

거느리고 다니는구나.

그게 하도 기특하여

뼈다귀 모아 놓고

어느새 기다리는데

다시 가고 또 안 오네.
한 해가 지나가고
이듬해 봄날 아침,
그 날은 웬일인지
들어 단짝 팔 걷어붙이고 자숫물에 손 담그고
물행주 비틀어 짜더니 식탁을 닦고 있네.
물끄러미 바라보다
네가 바로 내 딸이로다,
그 날부터 아예 양딸로 받아들여
평생을 함께 산다!

내가 개를 좋아하는가, 늬가 개를 좋아해선가
모녀 서로 아니라면서 떠돌이 개까지 불러들여
뼈다귀 물려 주고
괴기 국물 부어 주고
그러자니 온갖 개들
검둥이 흰둥이 모여들어
개판이 되었구나.
뒤꼍 마당 널리 치우고 유기견들 모아 키우니
춘자 씨는 개어미요, 양순 씨는 개할미라.

어느 날 양지쪽에 모녀 마주 앉았는데
늬가 내 친딸이냐 내가 늬 친어미냐
양순 씨 묻는 말에 춘자씨 웃기만 하는구나.
웃는다고 돌아간 눈이 더 돌아가는 것 가슴 아파,
"애야, 내가 널 거두니 거기서도 마찬가지로
고향에 두고 온 내 딸 그 누군가 거두겠거니,
내 마음 비워선가,
나이가 들어선가
내 맘이 편안쿠나!"
양순 씨, 춘자 씨 머리 쓰다듬는데
춘자 씨 두 눈에 눈물이 도는구나!
그 모습 병신 개들이 모두
물끄러미 보는구나.


경부선 천안역 근처에 국밥집이 하나 있는데,
주인 할머니 양순 씨는 병신 딸 춘자 씨와
평생 한 길 함께 간다.

# 뿔테와 금테

동화 작가 염소우 선생은 양손 손톱을 깎고 발톱까지 깎았습니다. 그런데도 도무지 좋은 생각이 떠오르지 않습니다.

이번엔 벗어 놓은 양말을 빨았습니다. 좋은 생각이 떠오르지 않을 때나 마음이 가라앉지 않을 때 흔히 하게 되는 버릇입니다. 양말을 빨아 널고 손수건까지 빨았습니다. 그래도 마찬가지입니다.

이번엔 담배를 한 개비 태워 물었습니다. 이북에서 만들었다는 '한마음'입니다. 몇 모금 태우다가 선생은 행장을 차렸습니다. 그리고 전철 정거장으로 나왔습니다. 검정 두루마기에 검정 구두를 신고, 수염을 쓰다듬으며 전동차에 올랐습니다.

빈 자리가 없어 손잡이를 잡고 중간쯤에 섰습니다. 이미 앉은 이가 있으면 불편해 할까 싶어 노약자 보호석을 피하는 것도 선생의 또 한 가지 버릇입니다.

앞자리에는 검정 두루마기에 검정 구두를 신은, 선생 또래의 노인이 앉아 있습니다. 다른 것이라고는 선생이 금테 안경을 쓴데 비해, 노인은 뿔테 안경을 썼을 뿐입니다. 그리고 그 옆에는 아기를 안은 부인, 누런 봉투를 든 신사, 손 전화를 들고 졸고 있는 처녀, 행색이 좀 초라한 할머니가 앉아 있습니다.

전동차는 어느새 노량진을 지나 한강 철교를 건넜습니다. 선생은 문득 대동강 철교를 생각했습니다. 황주와 대구 사과도 생각했습니다. 입 안에 군침이 돕니다.

그 사이 전동차는 용산과 남영역을 통과했습니다. 다음은 지하 서울역입니다. 보통 때와 같이 전동차 안의 형광등이 깜박 꺼지는가 싶더니 다시 켜지고, 전동차는 제 속력으로 빨려들 듯 터널 속으로 진입했습니다. 그런데 선생은 두 눈이 동그래졌습니다.

그야말로 눈 깜박할 사이, 전동차 안의 사람들은 온데간데없고 대신 동물들이 앉아 있습니다.

앞에 앉았던 노인은 뿔테 안경을 쓴 염소로, 아기 안은 부인은 아기캥거루를 주머니에 담은 어미캥거루로 변하고, 누런 봉투를 옆에 낀 얼룩말, 손 전화를 든 채 졸고 있는 토끼, 머리털이 숭숭 빠진 면양, 그리고 돼지, 여우, 송아지, 기린과 낙타까지 보였습니다.

선생은 안경을 벗어 들고 눈을 비볐습니다. 그러나 여전히 마찬가지였습니다.

전동차가 달리고, 달리다 멈춰 서면 또 몇 마리의 동물이 내리고 다른 동물들이 탔습니다. 창 밖을 내다보니 역 이름이 '개성'이었습니다. 선생이 어리둥절해서 두 눈만 껌벅거리고 있는데, '반갑습네다!' 하고 앞자리의 염소가 앞발을 내밀었습니다. 선생도 엉겁결에 오른손을 내밀었습니다. 그런데 선생의 손이 염소의 오른발이었습니다. 창문에 비친 선생의 모습 또한 금테 안경을 쓴 염소로 변해 있었습니다.


오랜 가뭄 끝에 폭우가 쏟아지고, 임진강, 한강, 한탄강까지 범람하여 수해를 겪을 때, 휴전선 끝자락 서해 외딴섬에 아기 염소 두 마리가 떠내려와 가까스로 목숨을 건졌습니다.

"너네들 쪽에서 둑을 쌓아서 우리네 쪽으로 물이 넘쳤어."

임진강으로 떠내려온 아기염소가 말했습니다.

"너네들 쪽에서 둑을 높이 쌓아서 우리네 쪽으로 물이 넘친 거야."

한강으로 떠내려온 아기염소가 말했습니다.

"양쪽이 다 마찬가지지."

한탄강으로 떠내려온 어미염소가 한탄조로 말했습니다.

"너네들 쪽에서 시멘트로 담을 쌓아서 우리네 쪽으로 물이 넘친 거야."

임진강으로 떠내려온 아기염소가 말했습니다.

"너네들 쪽으로 돌담을 높이 쌓아서 우리네 쪽으로 물이 넘쳤어."

한강으로 떠내려온 아기염소가 말했습니다.

"담을 허물어야겠군."

한탄강으로 떠내려온 어미염소가 한탄조로 말했습니다.

"그래서, 그 쪽에서는 물도 사먹는다며?"

임진강으로 떠내려온 아기염소가 말했습니다.

"그래서, 그 쪽에서는 밥도 굶는다며?"

한강으로 떠내려온 아기염소가 말했습니다.

"담을 허물어야지."

한탄강으로 떠내려온 어미염소가 말했습니다.

"그렇다마다, 담을 허물어야지. 물길을 인력으루다 막을 수 있는가. 물은 그저 저절로 흐르게 놔 둬야 하는 법."

등 뒤에서 들리는 점잖은 목소리에, 두 마리의 아기염소와 어미염소는 고개를 돌렸습니다. 거기, 늙은 황소 한 마리가 서 있었습니다.

"할아버지도 이번 수해에 떠내려오셨어요? 어느 쪽에서요?"

임진강으로 떠내려온 아기염소가 묻고,

"할아버지도 이번 수해에 떠내려오셨어요? 어느 쪽에서요?"

한강으로 떠내려온 아기염소가 또 똑같이 물었습니다.

"어느 쪽은 어느 쪽! 떠내려간 자식 찾아 나섰다가 흘러들었지. 그게 언제였던가, 여긴 참 살기가 좋아. 먹을 게 지천이고 둑도 담도 없어. 물은 높은 곳에서 낮은 곳으로 흐르고, 온갖 새들과 짐승이 서로 해치지도 않고."

"우리도 여기서 살면 되겠네요."

임진강으로 떠내려온 아기염소가 말하고,

"우리도 여기서 살면 되겠네요."

한강으로 떠내려온 아기염소가 말했습니다.

"어디나 마찬가지지."

한탄강으로 떠내려온 어미염소가 말하고,

"마찬가지다마다, 물까지 사 먹는 쪽에도 옛날엔 거렁뱅이가 많았고, 밥을 굶는다는 쪽도 그 뭐시냐, 김 선달인가 안 선달인가 하는 사람이 대동강 물 팔아먹었다느니……."

언제부턴가 여기 산다는 황소 할아버지가 말했습니다, 음머!

"정말로 어느 쪽이나 마찬가질까요?"

지금까지 자신 있게 말한 어미염소가 황소 할아버지를 바라봅니다.

　"그렇다마다. 옛날엔 안 그랬느니. 형제가 서로 자기네 볏단 져다 주다가 달밤에 마주쳐 얼싸안고 울고……."

　황소 할아버지가 그 커다랗고 순한 눈으로 육지 쪽을 바라보며 말하고,

　"맞아요. 저도 알아요. 친구끼리 길을 가다가 금덩이를 하나 주웠는데, 배를 저어 강을 건너던 중 그것을 물 속에 던져 버린 얘기도 있어요."

　어미염소가 또한 뿔을 치켜들고 수염을 바람에 날리며 말했습니다.

　"옳거니, 그렇구말구. 둑도 담도 허물고 욕심도 버리고, 서로 돕고 나누다 보면 거기가 천국이지. 짐승이나 인간이나 지 할 탓이지."

　황소 할아버지는 하늘을 보며 소 웃음을 웃고, 아기염소들은 어느새 풀밭을 가로세로 뛰며 놀고 있었습니다.


　전동차가 터널을 빠져 나오고 있었습니다. 보통 때와 같이 전동차 안의 형광등이 깜박 꺼지는가 싶더니 다시 켜지고, 손전화 신호음에 잠이 깬 처녀가 자리에서 일어나면서,

"할아버지, 여기 앉으세요."

말했습니다. 전동차 안에 가득 찼던 각종 동물들은 보이지 않고,

"반갑습네다!"

앞발을 내밀었던 뿔테 안경의 염소 또한 보이지 않았습니다.

"그게 바로 내 그림자였나 보군 그래."

동화 작가 염소우 선생은 갑자기 마음이 다급해졌습니다. 어서 집에 돌아가 뿔테 안경 돋보기 쓰고, 동화를 쓰고 싶었기 때문입니다.

# 소통

친구 아들 결혼식에 다녀오는 길이었다.

저만치 한 여인네가 걸어가고 있다. 까만 정장 차림새로 고
탄력 스타킹에 검정색 단화를 신고 있다. 머리는 단정하게 자
르고 키가 큰 편이다. 사내아이 손을 잡고 걷는 보속이 경쾌하
고 고르다. 아이도 반바지 정장 차림으로 친척집 결혼식에라도
다녀오는 모양이다.

나는 적당한 거리를 두고 그들 뒤를 따르고 있다. 어쩌다 보
니 그렇게 된 셈이다. 그걸 깨닫는 순간 왠지 민망하여 앞질러
정거장으로 향했다.

전동차가 문을 열어 놓은 채 대기중이다. 자리를 잡고 앉는
다. 종점이라 그런지 차내가 한유하다.

얼마 후, 아까 본 그들 모자가 들어선다. 까닭 없이 반갑다. 아이 엄마가 긴 다리를 옆으로 포개 눕히고 앉으며 모은 무릎 위에 까만 핸드백을 놓는다. 곧은 콧날이 받쳐 주는 무테 안경에다 이마는 희고 준수하다. 아이 옷은 사립 유치원 원복인 모양이다. 흰 스타킹에 검정색 가죽 구두를 신은 앙증스런 두 발이 차 바닥으로부터 오륙 센티미터 허공에서 흔들리고 있다. 엄마가 아이 무릎을 가볍게 누른다. 흔들던 다리를 멈춘다. 전동차 문이 닫히고 차가 움직이기 시작했다.

일요일 오후, 차 안은 한갓지게도 여기저기 빈 자리가 눈에 띈다. 내가 먼저 자리를 잡았지만 여인네와 마주 앉은 꼴이다. 눈을 감는다. 그러다 까무룩 졸았던가, 멎었던 차가 덜커덩 출발하면서 눈이 뜨였다. 맞은편엔 여전히 그들 모자가 그림같이 앉아 있고 그 사이, 아이 옆엔 할머니 한 분이 앉아 있다.

할머니가 자꾸만 고갤 돌려 아이를 내려다본다. 아이도 고갤 돌려 할머니를 한 번 쳐다본다. 비녀를 꽂은 반백의 머리, 주름 깊은 구릿빛 얼굴, 후줄근한 나일론 천의 흰 저고리, 무릎 위엔 보퉁이가 하나 놓였다. 시골에서 텃밭이라도 가꾸다가 서둘러 친척집 결혼식에 다녀가는 차림새다.

할머니가 귀여워 못 견디겠다는 듯이 아이를 보고 웃는다. 아이는 얼른 눈길을 거두고 아무 일 없었다는 듯 시침을 뗀다.

아이 엄마도 신경이 쓰였는지 눈썹이 조금 움직였다.

할머니가 보퉁이를 추스르더니 매듭을 풀기 시작한다. 맨 위에 웬 버선이 한 켤레 놓였다. 그러고 보니 할머니는 맨발에 흰 고무신을 신고 있다. 곤때가 묻은 버선을 들어 내자 작은 대바구니가 보인다. 바구니 뚜껑을 연다. 그 속에서 아이 손바닥 크기의 한과를 한 개 꺼낸다.

아이가 힐끗, 아이 엄마도 순간 곁눈질을 했지만 금세 시선을 거두었다. 할머니가 보퉁이를 대충 여미더니 한과를 아이에게 내민다. 아이가 못 본 척한다. 할머니는 한과를 아이 눈앞으로 가져간다. 한 번 흔든다. 말없음, 그러나 할머니는 아가, 어서 받으렴, 이런 눈짓에 시늉이다. 아이가 할머니 표정을 얼핏 살피자 할머니가 얼굴 가득 웃음을 지으며 고개를 끄덕인다.

아이가 이번에는 고갤 돌려 엄마 표정을 살핀다. 엄마도 이미 모든 걸 알고 있겠지만 모른 척한다. 할머니가 몸을 내밀며 한과 든 손을 아이 얼굴 가까이 가져간다. 좀 더 적극적인 몸짓이다. 아이가 다시 엄마를 쳐다본다. 아이 엄마도 더 이상 어쩔 수 없이 할머니 행색을 살핀다. 그리고 다시 자세를 가다듬더니 잠시 생각하는 눈치다.

언제부턴가, 차 안의 승객들이 하나 둘 이 세 사람의 움직임에 관심을 갖기 시작했다. 그러나 모두 무관심한 척 딴청들이다.

할머니가 엄지와 검지로 잡은 한과를 아이 눈앞에서 다시 두어 번 흔든다. 아이가 엄마 얼굴을 또 한 번 쳐다보고, 엄마가 드디어 고갤 끄덕였다. 아이가 이윽고 할머니 손에서 한과를 옮겨 받는다. 할머니는 손가락에 묻어 있는 튀긴 쌀 알갱이 한 알을 입으로 가져가며 만족한 듯 웃는다.

아이가 받아 든 한과를 어찌 해야 좋을지 몰라 그걸 물끄러미 바라보는 사이, 할머니는 그제야 자기 맨발에 신경이 쓰인 듯 버선을 신기 시작한다. 아이 엄마가 할머니의 볕에 그을린 손발을 얼른 훔쳐본다. 그러면서 아이 손에 들린 한과를 어찌 해야 할지 생각하는 눈치다.

버선을 신고, 풀기 없는 나일론 치마를 한 차례 쓸어 내리고, 보퉁이를 추스른 할머니가 아직도 한과를 그냥 들고 있는 아이를 본다. 아이도 할머니를 본다. 할머니가 눈짓한다. 어서 먹으라는 시늉이다. 먹어도 괜찮다는 표정이다. 맛있다고, 달다고, 입맛까지 다셔 보이며 깊은 주름 웃음을 웃는다.

아이가 호물대는 할머니 입을 보고, 손에 든 한과를 번갈아 본다. 그러다 이번엔 엄마 얼굴을 쳐다본다. 엄마는 무표정이다. 그러나 처치 곤란, 어찌 해야 좋을지 판단 중이다. 승객들은 이제 아이 엄마 머릿속에서 움직이는 생각을 제가끔 상상

하는 눈치다. 이들 세 사람의 무언극에 도취되어 있는 듯싶기도 하다.

'어여 먹어, 아주 맛있는 과자란다.'

'어서 먹으렴, 내게도 너 같은 손주가 있단다.'

할머니가 재촉하는 눈치다. 아이가 다시 엄마 표정을 살핀다. 엄마도 더 이상 모른 척할 수 없다. 순전히 내 생각인지 모르지만, 승객들의 무언의 압력까지 감지된 듯싶다. 아이 엄마의 불편한 심기가 쏜살같이 하얀 이마를 가로지른다. 평소의 교양이 불끈 솟는 짜증을 잠재우는 순간이다. 이윽고 여인이 아이에게 가볍게 눈짓한다. 할머니에게도 뒤늦게나마 목례를 하며 안경을 고쳐 쓴다. 은빛 귀고리도 찰랑 움직였다.

아이가 알았다는 듯 한과를 입으로 가져간다. 그 순간 전동차 안의 승객들이 휴, 한꺼번에 안도의 숨을 내쉰다.

전동차는 그사이 터널을 통과했다. 창 밖의 봄볕이 눈부시고 지나치는 천변의 개나리꽃이 화사하다. 전동차 안의 형광등 불빛이 차라리 침침하다. 아이는 이제 안심한 듯 한과를 마음 놓고 잘라먹는다. 즐거운지 아이는 두 발을 흔들흔들 장난친다.

"다음은 000역!"

차내 방송이 나오고, 단막극의 막이라도 내리듯 전동차가 다시 터널 속으로 들어간다. 차가 정거장에 멎자 등산객 차림의 승객이 한 떼 차에 오른다. 그들 누군가의 배낭 주머니에 꽂힌 소형 라디오에서 '봄날은 간다' 노랫소리가 흘러나왔다.

제 2 부

# 다배 이야기

"가배야!"

아빠가 돌아오시자 엄마가 날 불렀어요. 아빠는 병원에 다
녀오는 길이었어요. 할아버지가 거기 계시거든요. 나는 다배의
어릴 적 사진을 세워 놓고 그걸 그리고 있었어요.

"너 또 다배 그리지?"

"응."

"아빠랑 동네 한 바퀴 돌고 올래? 오는 길에 목욕탕에도 다
녀오고."

엄마는 설거지를 하며 무심한 척 말했지만 그 말 속엔 여러
가지 뜻이 숨어 있어요. 아빠가 방금 병원(이라지만 실은 양로원)
에 다녀오셨으므로 목욕탕에 가 씻으라는 것. 나는 다배 그림

이나 그리고 앉아 있을 게 아니라 운동 좀 해서 배를 좀 들여보내라는 것. 그리고 무엇보다 목욕탕에 가서 다배 생각은 말끔히 씻어 내고 오라는 거죠.

"엄마 만보기 어딨는데?"

내가 운동화를 신으며 말했죠.

"만보기는, 산책 가는 걸 가지고서는."

아빠가 등산화 끈을 조이며 말했어요.

아빠는 방금 산책이라고 했지만 그건 아빠가 흔히 쓰는 말씀이죠. 엄마는 또 동네 한 바퀴라고 말하지만 사실은 등산이 맞아요.

집을 나서 약수터 길을 오르다 보면 양쪽 언덕으로 크고 작은 밭이 보여요. 그 밭은 아파트가 들어서기 전에는 복숭아 밭이었대요. 지금은 근처에 사는 사람들이 오밀조밀 여러 가지 농작물을 길러요. 무, 배추, 상추, 쑥갓에다 고구마, 감자, 토란, 땅콩 그리고 오이, 고추, 당근, 가지, 토마토, 옥수수도 심어요.

봄이면 꿩이 내려오고 청솔모랑 다람쥐 사는 산. 골짜기 돌멩이를 들추면 가재가 뒷걸음쳐 도망가는 걸 볼 수 있는 곳. 약수터 주변엔 배드민턴장도 있고 철봉, 윗몸 일으키기, 허리 돌리기 등 몸을 푸는 운동 기구들도 있어요.

나는 벌써 숨이 차요.

우선 물을 한 모금 마시고 숨을 돌리는데 아빠는 평행봉에 한 번 매달렸다가 계단을 오르기 시작해요. 본격적인 등산이 시작되는 거죠. 나는 비탈길을 헉헉거리며 올라요.

나무토막 모양의 시멘트 기둥을 세워 만든 층계를 한참 오르다 보면 갈림길이 나와요. 곧장 오르면 산꼭대기, 곁길로 빠지면 산허리를 돌게 마련인데 아빠 말로 하면 산책로죠. 오리나무와 소나무, 떡갈나무 이파리들이 떨어져 쌓이고, 썩고, 그 위에 또다시 솔잎이 떨어져 쌓이고 밟히다 보니 마치 우레탄을 깐 길 같아요. 발바닥에 닿는 느낌이 좋아요. 거기다 오르막이 없는 평지라구요. 엄마는 만보기를 차고 이 길을 걷는데, 엄마 걸음으로 약 오천 보쯤 된대요. 그걸 글쎄 동네 한 바퀴라는 거죠.

소나무 숲길을 기분 좋게 걷다 보면 다시 갈림길이 나오고 거기 아주 커다란 적송이 두 그루 서 있어요. 아빠와 엄마는 거기서 자기 나이만큼씩 등허리를 찧어요.

"아빠!"

나는 문득 할아버지 생각이 났어요.

"응!"

"할아버지 많이 아프신 거야?"

"응!"

아빠는 건성으로 대꾸하는 것 같아요. 아빠도 어쩌면 할아버지 생각을 하고 있었는지도 모르죠. 아빠와 내가 집을 나설 때 엄마가

"어서 돌아가셔야지, 여러 사람 고생시키지 마시구."

이랬거든요. 나는 그 때 다배를 생각했어요.

어쩌다 보니 다배 얘길 빼 먹었네요. 다배는 얼마 전 집을 나가 돌아오지 않는 늙은 개죠.

우리 집은 김씨 집안인데, 내 항렬이 배자 돌림이래요. 장남인 내 이름을 가나다의 '가'로 시작하고, 언젠가 딸이든 아들이든 하나 생기면 지어 줄 이름 '나배'를 건너뛰어서 세 번째 이름을 붙여 준 거죠. 그 다배가 집을 나가기 전, 그러니까 사흘 전인가, 아빠는 앞을 못 보고 거실을 헤매다가 물그릇을 뒤엎어 버린 다배를 물끄러미 바라보다가

"불쌍한 것, 어서 가야지. 가야구말구."

한숨 섞어 이렇게 말했던 거죠.

'보고 싶은 다배, 어딜 돌아다니나. 이미 죽었을지도 몰라.'

이런 생각으로 걷고 있는데 갑자기 꿜 꿜 꿜, 개 짖는 소리가 들려왔어요.

"꿜! 꿜꿜꿜!"

분명 그것은 다배의 어릴 적 목소리였어요. 딸랑딸랑 종소

리도 들려왔어요. 나는 토끼처럼 두 귀를 쫑긋 세웠죠.

"다배다!"

그럴 리가 없는데도 나는 소리치며 달려갔어요. 그런데 틀림 없는 다배였어요. 다배는 이동 화장실 뒤에서 뛰쳐나왔어요. 그러나 금세 뒤에서 목줄이 당겨지며 앞발을 들고 허우적댔어요.

나는 다배를 안았죠. 목줄의 저 쪽 끝은 이동 화장실의 손잡이에 묶여 있었어요. 하늘색 페인트칠을 한 플라스틱 제품인 이동 화장실은 거기 붙박이로 서 있을 뿐 이미 화장실 구실을 그만둔지 오래였어요.

출입문에는 '사용 불가'라고 쓴 푯말까지 걸려 있고 허리는 굵은 철사로 두 바퀴나 돌려 동여맸어요.

"다배야! 주인은 어디 갔지?"

내가 말했죠.

"다배는 무슨!"

아빠가 아름드리 소나무에 등을 찧으며 말했어요.

다배는 내게 기어오르며 혀로 볼을 핥았어요.

털이 보드라웠어요. 눈도 초롱초롱했어요. 오줌까지 지리는 걸 보면 사람이 반가운 눈치였어요. 목줄은 가죽 제품으로 아주 고급이었어요. 목엔 하트 모양의 이름표까지 달려 있었어요. 거기 작은 방울이 두 개 매달렸는데 움직일 때마다 딸랑딸랑 맑은 소리가 났어요. 그런데 이름표에 새겼던 이름이 뭉개져 있어요. 뭐라고 쓰여 있는데 알아볼 수가 없네요. 전화번호도 적혀 있던 것 같아요.

"다배야! 주인은 어디 갔지?"

"다배는 무슨, 가자!"

아빠가 다시 말했어요.

나는 들은 척도 안 하고 쪼그리고 앉았어요.

"아빠, 다배 어렸을 때하고 똑같지?"

"그렇다며?"

아빠는 여전히 소나무에 등을 찧으며 대꾸했어요.

정말 그랬어요. 발끝까지 늘어진 귀, 내 손바닥만한 얼굴, 슬퍼 보이는 커다란 눈, 뭉툭한 발, 짧은 꼬리, 까만 코, 황토빛의 긴 털이 어릴 적 다배와 똑같았어요.

"그런데 왜 여기 묶여 있지?"

"글쎄구나."

아무래도 이상했어요. 거기 그렇게 묶여 있을 이유가 없었어요.

'혹시 오줌누러? 아니면 화장실이 여기 있는 줄 알고 찾아왔다가 문이 잠겨 있으니 급해서 어디 숲 속으로?'

"잠깐 어디 간 거겠지?"

"그랬겠지."

아빠는 이제 팔굽혀펴기를 시작했어요. 그것도 나이만큼이죠.

"한참 지났지?"

"한참 지났지."

"버린 거 아냐?"

"그런가 보다."

"우리가 갖다 키우면 안 될까?"

"엄마가 절대 불가라구 했다."

"그래두 한번 물어 봐 , 아빠!"

"쓸데없는 짓!"

그 동안에도 등산객들은 계속 지나갔어요. 올라가는 사람도 있고 내려가는 사람도 있어요. 그들은 지나치며 우리를 한 번씩 돌아봤어요.

"가배야!"

"응?"

"아까부터 생각했는데, 유기견이 틀림없구나. 주인은 어디 숨은 채 우리가 강아지를 가져가기를 바라고 있을 거야. 그런데 우리는 가져갈 사람이 아니잖니? 생각해 봐라. 우리가 자리를 비켜 줘야 지나가는 사람들이 이 개를 보고, 맘에 들면 데려갈 수도 있지. 우리가 지금 이렇게 강아지하고 놀고 있으면 주인인 줄 알겠지? 그래서 누군가 데려갈 수도 있는 걸 방해하는 셈이 된다. 그러니 어서 비켜 주자. 그래서 이놈이 좋은 새 주인을 만나게 하자."

아빠가 말했어요. 아빠도 어느새 내 옆에 와서 강아지를 쓰다듬고 있어요.

"아빠, 엄마한테 한번 물어 보기만 해."

"소용 없다구 했잖니. 엄마가 다배 때문에 얼마나 속을 썩었니. 엄마뿐만 아니라 우리가 얼마나 힘들었는지 네가 잘 알 거다. 어려서는 잘 몰랐지. 네가 태어나게 되자 갓난아기한테는 개털이 해로울 수 있다고 할아버지가 데려다 키웠으니까. 그 동안 할머니는 입술을 물리기도 했고, 어느 날인가는 없어진 다배를 찾아다니다가 할아버지가 오히려 길을 잃고 헤매시다 낙상하셔서 엉덩뼈가 부러져 고생도 하셨지. 그러고는 우리 집으로 다시 왔는데, 아파트에서 더 이상 키우지 못하게 되자 단독주택으로 무리해서 이사까지 하지 않았니? 개 한 마리 때문에. 거기에다 너는 한참 자라는데 다배는 어느새 나이가 들고 이젠 아주 늙어 버려 털도 다 빠지고 시력을 잃어 앞을 못 보구……. 엄마나 나나 여하튼 다배한테 질렸단다."

아빠가 말했죠.

'그럼, 그래서 아빠가 일부러 현관문을 열어 놓았구나. 그

래서 다배를 도망가게 한 거구나, 그렇지?'

하마터면 나는 이렇게 말할 뻔했죠.

다배가 도망갔다는 날, 그 날 밤 엄마와 아빠는 내가 울다 잠든 줄 알았던지 소근소근 이렇게 말했었죠. 어쩌면 꿈을 꾸었는지도 모르지만.

"개는 원래 야생동물이라서 죽을 때 아무도 모르는 곳에 가서 혼자 죽는대요. 우리 다배는 거기다 영리하기까지 해서 우리가 귀찮아하지 않도록 몰래 가만히 빠져 나간 거예요. 그래서 아무도 모르는 곳 어디 가서 죽은 게 확실해요. 그러니 너무 슬퍼 말아요."

"그래서 당신이 일부러 현관문을 열어 둔 거죠? 그러곤 찾지도 않는 거죠? 다배가 어렸을 때 산책 나갔다가 잃어버린 적이 있죠? 아버님 댁에서 잃어버린 거 말구 우리 집에서, 내가 데리구 동네 한 바퀴 돌다 잃어버렸을 때, 그 때는 당신 어떻게 했죠? 광고지에 사진까지 넣어서 '연락 주시면 후사하겠다'고 사례금 액수까지 밝히고 그렇게 애써 찾았잖아요. 그런데, 늙어서 털이 빠지고 눈멀어 앞을 못 보고 여기저기 찧고 돌아다니고 먹을 것도 못 찾고 잠만 자고 코만 골고 침만 줄줄 흘리고 눈곱만 끼고 그렇게 되자, 어서 죽기를 바라다가 어느 날 살그머니 문을 열어 놓았던 거죠?"

"아니지. 그렇지 않아!"

"아니면 찾아야죠. 어렸을 때는 잃어버려도 누군가 눈에 띄면 이쁘니까 데려다 귀하게 키웠겠지만, 늙은 개는 더럽고 보기 싫고 그러니까 누구 하나 거들떠보지도 않을 거잖아. 그러니까 더욱 불쌍하구 그러니까 더욱 찾아야지. 그런데 안 찾고 있잖아요?"

엄마는 우는 것 같았어요. 나도 이불을 뒤집어쓰고 울었죠.

"가배야! 가자, 어서. 우리가 여기 있는 것은 강아지가 좋은 새 주인 만나는 걸 방해하는 거라고 했잖니. 우리가 데려가지 않을 바엔 어서 비켜 주자구."

"그러니까 데려가자구, 아빠!"

"가배야, 비가 오려나 부다. 어서!"

강아지는 내게 기어올라 계속해서 내 볼을 핥고 손등도 핥았어요. 놓으면 달라붙고 내려놓으면 다시 악을 쓰며 달라붙었죠. 우리마저 놓고 가려는 것을 알아차린 것 같았어요.

"가자!"

아빠가 드디어 산을 내려가기 시작했어요.

"나빠, 아빠!"

나는 울면서 천천히 산을 내려왔죠. '아빠, 나빠.' 그러나 어쩔 수 없었죠. 그리고 그 날 밤, 비가 억수로 내렸어요.

나는 저녁밥을 먹고 다배가 먹던 사료를 찾았죠. 우산을 쓰고 다시 산을 올랐어요. 이번엔 거꾸로 가는 코스를 택했어요. 아파트를 돌아 '우리 쌀가게, 맛있는 과일집, 이 편한 슈퍼, 기쁜 교회, 안 아픈 치과, 다 낫는 약국, 시원한 목욕탕, 머리 못하는 집, 빵집 아저씨네 빵집' 등이 사방으로 있는 네거리. 전신주 밑에는 오늘도 뻥튀기 아저씨와 새 장수와 1,000원짜리 모둠 팔이 아저씨가 코펠에 무언가를 끓여 소주를 마시고 있었어요.

날은 이미 저물었죠.

등산객들은 서둘러 산을 내려오고 있었어요. 오르는 이는 보이지 않았어요. 내가 사료 그릇을 들고 산을 오르자 사람들이 이상스레 바라보는 것 같았어요.

비에 젖은 길이 미끄러웠어요. 사료 그릇을 든 채, 찔레 숲 속으로 한번 굴렀어요. 사료 그릇은 비어 있었죠. 나는 땅바닥에 흩어진 사료를 대충 긁어모아 다시 담았어요. 어둠 속 언덕 위에서 끙끙거리는 소리가 들리는 것 같았어요. 크르릉, 크르릉 소리가 들리는 것도 같았어요. 끙끙거리는 소리는 다배가 아파서 신음하는 소리고, 크르릉 소리는 다배가 코를 고는 소리 같았어요. 무서운 짐승이 으르릉거리는 소리 같기도 했어요.

'무서운 산짐승이 내려오면, 다배(가 아니라 강아지)는 목줄에 묶여 있으니 한번 싸워 보지도 못하고 꼼짝없이 잡혀 먹히고 말 거야. 어서 가 봐야 해. 어서 가서 지켜 줘야 해.'

이렇게 서둘다가 나는 발을 헛디뎌 나뒹군 것이었죠.

다시 크르룽 크르룽, 산이 울렸어요. 미끄러운 언덕길을 뛰어올랐어요. 어둠 속에 이동식 화장실이 보이고 그 뒤쪽에서 끙끙거리는 소리가 들렸어요.

"다배!"

내가 소리질렀죠. 그러자 화장실 뒤에서 늙은 다배같이 생긴 커다란 짐승이 강아지를 입에 물고 나왔어요. 눈에 불을 켜고, 늙은 다배가 자기 어릴 적 모습과 똑같이 생긴 강아지를 물고 산골짜기 쪽으로 사라지고 있었어요.

"다배!"

내가 다시 소리쳤죠. 그러다 잠이 깼어요. 나는 땀을 흘리고 있었어요. 잠옷이 축축하게 젖어 있었어요.


간밤에 비는 갰어요. 아빠를 졸라 비닐 봉지에 사료를 담아 들고 산길을 올랐죠. 어젯밤 꿈 속에서처럼 반대쪽으로 오르는 길을 택했어요. 그래야 빨리 현장을 확인할 수 있기 때문이죠.

'제발 다배야, 거기 있어 줘.'

나는 속으로 이렇게 빌었죠. 그러면 데려오는 거라고 아빠와 약속이 되어 있었거든요. 어젯밤 비 맞고 죽었으면 그냥 거기 묻어 주겠다고 엄마와도 약속했거든요. 그래서 베란다 빈 화분 속에 있던 꽃삽까지 챙겼거든요.

'제발 거기 있지 마!'

나는 이렇게 빌기도 했어요. 아빠와 아무리 약속이 되었다지만 엄마는 개를 다시 안 키운다고 했기 때문이죠. 그렇다면 누군가 이미 데려가서 거기 없기를, 주인이 맘을 고쳐먹고 다시 데려가거나 버린 것을 알고 누군가 새 주인이 데려가서 거기 남아 있지 않기를 속으로 빌었던 거죠.

그런데 정말 개는 거기 없었어요. 다행이지 싶었죠. 한편 서운하기도 했구요. 나는 이동식 화장실을 한 바퀴 돌아보았죠. 무서운 짐승이 물어 간 흔적은 보이지 않았어요. 옛 주인이거나 새 주인 중 누군가 얌전히 풀어 간 게 분명했어요. 그런데 나는 눈물이 났어요. 줄줄 흘렸어요.

"잊어라. 소용 없는 일은 빨리 잊는 게 수란다."

아빠는 뜻 모를 말씀을 하셨어요.

'그게 맘대로 돼요?'

나는 이렇게 소리치고 싶었어요.

생명을 사랑해야 한다고, 할머니는 땅 속에 사는 미물을 생각해서 뜨거운 물도 함부로 버리지 않으셨다고, 이도 잡지 않고 기둥에 털어 버리셨다고, 스님들이 지팡이를 짚고 다니는 건 풀숲에 사는 개미나 거미 같은 풀벌레를 밟지 않고 쫓기 위해서라고 그게 평화운동이라고……, 아빠는 여전히 혼자 중얼중얼 엉뚱한 말씀만 하셨어요.

우리는 나뭇잎이 쌓이고 쌓인, 마치 우레탄을 깐 길 같은 길을 걸었어요. 그리고 드디어 산정으로 오르는 길과 비탈진 계단으로 갈라지는 곳, 이정표가 세워진 갈림길에 도착했죠. 그런데 거기 다배가 있었던 거죠. 이번엔 이정표 말뚝에 목줄이 묶여 있었어요.

"주인이 버리려는 개가 분명해."

"어제도 저 아래서 봤거든."

"아주 내버리지 않고 결국 챙기는 걸 보면 아마 주인이 마음 약한 사람인가 봐."

"버렸다기보다 거저 줄 테니 맘놓고 가져가라는 거지. 그런데 왜?"

"뭔가 피치 못할 사정이 있겠지."

"못미더워 그냥 버릴 순 없고 '잘 키워 줄 분은 그냥 가져가시오.' 이런 글이라도 써 붙일 것이지."

"왜 하필 등산길이야?"

"사람 눈에 잘 띄라고."

"네거리가 낫잖아?"

"잘못하면 개장수한테나 끌려갈 걸?"

"그래 맞아. 네거리 슈퍼 앞에 그 새 장수 말이지, 개도 몇 마리 데리고 다니더군. 유기견이 분명했어. 헐값에 파는 걸 보면."

"코펠에 끓여 안주 삼아 소주 마시는 걸 내가 봤다구. 갈비뼈가 아주 가늘더라구. 강아지 뼈가 분명했어. 데리고 다니다 안 팔리면 잡아먹는 거지."

"이 사람아, 그럴 리가!"

"그래, 자네라면 몰라두, 히히."

사람들은 이런저런 얘길하다가 더러는 산꼭대기쪽으로, 더러는 비탈길 아래쪽으로, 더러는 방금 우리가 걸어온 길로 흩어졌어요.

"아빠!"

"그래, 우리도 내려가자. 목욕 가야지."

"아빠! 그게 아니구."

"누가 데려가지 않아도 주인이 계속 키우겠구나. 걱정 말구 내려가자, 어서."

나는 강아지 앞에 사료 그릇을 놓고 마지막으로 강아지를 안았어요. 강아지가 내 볼과 턱과 귀를 핥았어요.

나는 강아지를 거기 놓았어요. 어쩔 수 없는 일이었죠.

강아지가 내 발등을 밟고 목줄에 매달리며 일어섰어요. 그리고 내 바짓가랑이를 물고 늘어졌어요. 자꾸 낑낑 짖어요.

나는 계단을 뛰어내렸죠. 그리고 며칠 후 할아버지가 돌아가셨어요.

"잘 돌아가셨지. 잘 돌아가시구말구!"

사람들은 이구동성으로 말했어요. 장례식장은 잔칫집 같았어요.

울기는 커녕 웃고 떠들었어요. 겉으로 표는 내지 않지만 엄마, 아빠도 마찬가지였어요. 오래 앓지 않고 돌아가신 게 다행이라고 했어요. 누군가는 긴 병에 효자 없다고도 했어요. 늙은 다배가 집을 나갔을 때와 똑같았어요.

할아버지 장례를 모시고 온 엄마, 아빠는 찜질방에 갔어요.

나는 다시 산에 올랐어요. 물론 혼자죠.

단숨에 계단을 올랐어요. 갈림길에 올라섰을 때 다배가 짖는 소리를 들은 듯했어요. 그런데 갑자기 늙은 다배가 집에 돌아와 있을지도 모른다는 생각이 들었어요. 다시 계단을 뛰어 내려왔어요. 그리고 빵집 아저씨네 빵집 앞에 왔을 때였어요.

어디선가 어린 다배가 글쎄 목줄도 달지 않고 방울 소리를 내며 나타났어요. 다 낡은 약국집 앞에 세워 놓은 승용차 밑에서 기어 나온 것 같았어요. 그 동안 털이 좀 부스스해졌어요.

주둥이 근처가 좀 더러워지고요.

다배는 내 바짓가랑이에 감겼죠.

나는 얼른 다배를 안아 올렸어요. 그러고는 집으로 데려왔죠.

나는 급히 전단지를 만들었어요. 개의 모습을 자세히 설명하고 우리 집 전화번호도 적었어요. 정성껏 만든 전단지를 문방구에서 여러 장 복사했어요. 그것을 여기저기 붙이며 다녔어요. 속으로는 제발 연락이 오지 않기를 빌면서.

# 새가 날아든다

### 1. 아기

아침 나절, 할멈은 딸네 집에 갔다.

외손주 받으러 간다 했다.

뱃속에 든 애가 아들인지 딸인지 어찌 아는지, 할멈은 미역 꾸러미며 사위가 좋아한다는 무말랭이와 묵은지까지 싸들고 막내딸네 갔다.

옛날 같으면 부녀자들 우물가에 모이거나 콩밭 매면서 동네 애 가진 아낙네 두고 아들 딸 점치곤 했다. 뒤태가 표 안 나면 딸, 두 팔로 허리 받치고 뒤뚱거리며 팔자걸음이면 아들, 애 밴 배 뿔룩하면 딸, 눈자위며 입술까지 꺼칠꺼칠해지면 아들, 채소 과일 좋아하면 딸, 수태하고 고기 즐겨 먹으면 아들, 같은 뱀

꿈이라도 실뱀 보면 딸, 구렁이 만나면 아들, 딸기 먹으면 딸, 알밤 호도 꿈이면…….

　그러나 요즘 세상 뱃속에 든 아이 불알까지 들여다보는 세상이니, 아무렇지 않게 할멈 손주 받으러 간다 했다.


　재 너머로 고속도로 뚫리고 가까이로 아파트까지 들어섰지만, 근래 행정구역이 군이 시로, 리가 동으로 그 끝자만 바뀌었듯이 할아버지의 하루는 예나 지금이나 변한 게 별반 없다.

　마당 끝에 이어진 텃밭 부추, 상추, 아욱, 쑥갓 좀 솎아 내고 할멈이 그리 신신당부 했는데도 점심 대신 막걸리 한 잔 마신 것이 낮잠을 불렀던가. 여러 차례 다려 부은 간장 속에서 게 발하나 건져 내 깨문 것이 파리를 불렀던가. 눈까풀 자꾸 내리눌러 청마루에 목침 베고 누웠는데, 청하지도 않은 놈이 자꾸 날아와 입술을 빠는 통에 이쪽 저쪽 돌아눕다 손사래로 쫓다 못해 에라 벌떡 일어난다. 비빈 눈에 보인 것이 개나리 울타리 사이 오르락내리락하는 거, 뒤껻 대숲 지나 안마당과 바깥마당 가로지르며 흐르는 실개울에 딱새 한 마리 날아내려 할아버지 눈치 본다. 앙증맞은 거, 두 발이 우선 개울가로 오종종 들어서며 좌우를 살피더니 잽싼 동작으로 고개 꺾어 어느새 머리를 물에 담갔다 치켜든다. 그 순간 잔 물방울 튀며 햇빛에 반짝인다. 다시 또 한 번 그렇게 길어 올린 물방울이 날갯죽지 등줄기로 흐르고, 진저리치듯 두 날개 퍼덕이자 기다란 꼬리털도 키질하듯 깝죽댄다.

욘석, 할아버지 눈치 한 번 더 보더니 냉큼 개나리 울타리 가지 사이로 날아올라 깃털 속속들이 물방울 털어 내고 부리로는 연방 이쪽 저쪽 날개 아래 잔털을 다듬는다.

"팟팟팟!"

"탁탁탁!"

"힛힛힛!"

다시 보니 두 마리다.

어디선가 한 마리 더 날아들어 번갈아 망을 보며 머릴 감는지 미역을 감는지 울타리 사이를 오르내린다.

"엇험!"

할아버지 헛기침에 그만 두 마리 모두 사철나무 잎 사이로 숨어들고, 그 속에서 이제 무얼 하는지 딱딱딱, 퍼덕대는 소리만 들렸다.

"고놈들!"

할아버지 다시 대청마루에 큰 대자로 누웠다. 처마 밖으로 높푸른 하늘 펼쳐지고, 높다라니 떠받친 바지랑대 끝에 빨랫줄이 가로놓이고, 거기 검정색 조끼 하나 매달렸다.

바람이 없나 보다. 미동 않는 조끼 위에 잠자리도 한 마리.


## 2. 조끼

지난해 초겨울, 사람들 이상 기후라 수근댔다.

해안 쪽으로 눈이 많이 내려 곳곳에 비닐 하우스 무너지고, 길은 막혀 마을이 고립되고 여간 난리가 아니라 했다.

여기저기서 이런저런 소문 들려올 때, 장말로 시집간 막내 딸, 겨우내 우리 엄니 등 따숩게 입으라고 누비 조끼 하나 둘둘 말아 장꾼 편에 보내 왔다.

안팎이 검정색 나일론 천인데 다이아몬드 모양으로 듬성듬성 누빈 것이 품도 넉넉한데다 기장까지 엄청 길어 허리 지나 엉치뼈 아래까지 덮었다.

오매나 복닥한 거, 오매나 도톰한 거, 오매나 보드란 거, 할멈은 좋아라고 손바닥으로 쓸어 보고, 오매나 매끈한 거, 입었다 벗어 놓고, 개어 놓고 바라보고, 벼르기만 하는 것을

"내 쪼까 입어 보까나."

할아버지 슬그머니 이쪽 저쪽 팔을 꿰고, 단추까지 채워 보고, 주머니도 깊숙허네, 두 손 모두 찔러 보고, 담뱃갑 라이터도

이쪽 저쪽 넣어 보고

　"가볍고 복닥한 거시 할멈보다 좋네 그랴."

　하루 종일 벗지 않고 잘 적에도 입고 자고 마실 가도 입고 가고 겨우내 지내더니 개나리 진달래며 봄도 이제 깊었건만 그냥 입고 짓뭉갠다.


　"여보 영감!"

　"왜 불러?"

　"지발 그 조끼 좀 벗어 놔유."

　"길 떠날 사람이 왜 밍기적거리면서 조낀 또 벗으랴, 시방."

　"날씨 다 풀렸는디 왜 그걸 못 벗어유?"

　"등이 아직 후텃혀 좋은디?"

　"벗어 놔두 내 인자  안 입어유. 겨우내 뒹굴었으니 냄샌들 오죽헐까."

　"허긴 그려."

　"말 나온 김에 당장 벗어유. 아예 주물러 널구 가게스리."

　"그야 뭐 어려운 일잉감."

　할멈 성화 하도 불같아 실로 오랜만에 조끼를 벗는구나. 양쪽 주머니에서 담뱃갑 라이터 꺼내 놓고, 지갑이며 동전이며 신문지 쪼가리도 꺼내 놓는다. 와이셔츠 흰 단추며 나사못도 하나 더 나온다.

길 가다가도 할아버지는 눈에 띄는 족족 무엇이든 나중에 쓸 곳 생각 않고 주워 넣는 버릇 있다. 그래 놓으니 늘 그 주머니 불룩하다.

"이걸 다 어디다 담나."

할아버지 혼잣말에

"아주 큰 걱정거리 하나 생겼수, 인자 좀 소용 닿지 않는 건 버리기두 허며 사슈."

못 이기는 척, 어렵사리 벗어 놓은 조끼를 할멈이 집어 든다.


한 보름 집 비우는데 할멈은 할 일 많고 걱정도 많다.

묵은 짠지 썰어 놓고, 무말랭이 고춧잎 섞어 짭짤하게 무쳐 놓고, 마른 반찬 밑반찬에 짠 반찬까지 갖춰 놓고, 그것도 모자라서 간장게장까지 담가 놓고

"귀찮다구 조석 끼니 거르지 마슈. 후다닥 마실 내빼서 조석 때 남의 집 식구 귀찮게 허덜 말구, 일일이 따끈한 밥 쌀 한 주먹씩 안쳤다가……."

"허허이, 무슨 심봉사 혼자 두고 심청이 인당수 가는가. 딸내미 해산관하러 간다믄서 아주 가는 사람 같네 그랴. 임자나 잘 댕겨오더라고."

말은 그리하면서도 싫지 않은 기색이다.

할멈은 이어 요강도 씻어 놓고 고무신도 뽀얗게 닦아다 마루 끝에 엎어 놓고 장독대도 둘러보고 기어코 조끼까지 빨아 헹궈다 빨랫줄에 널어 놓고 짐꾸러미 챙기는데

"그건 다 뭐신고?"

"뭔 뭐유. 산모 첫국밥 끓여 줄 미역이쥬."

"미역 뭉텡이가 그렇게 커?"

"그 애랑 사우 잘 먹는 거 쪼매씩 샀쥬."

"돈 주면 지천인 걸, 먼 길 가믄서 무슨 짐이 그리 많여?"

"영감이 사온 미역, 짠 무시 한 토막에 참기름 한 병……."

"미역이사 그렇다 치구 짠 무시는 또 뭐여?"

"별 걸 다 신칙허신다… 약주 많이 들지 말구 주무실 때 장독 덮구 더워두 군불 때구 비설거지 잊지 말구……."

"헌 말 하고 또 해 쌌네."

"어이구 내가 망령일쎄. 영감이 뭐 어린앤가."

"그야말루 남 말 허네."

"댕겨 올규."

장말 쪽으로 나가는 버스 시간 임박해서야 할멈은 허겁지겁 사립문을 나선다.

### 3. 꿩

평안한 봄날 오후.

이번엔 마늘종 두어 줄기 뽑아다 고추장 찍어 소주 한 잔 더 마셨다. 대청마루에 큰 대자로 누웠다 일어나 화투짝도 떼어 본다.

한나절도 못 됐는데 웬일인지 적적하고 하루 겨우 지났는데 봄날 해가 무지 길다. 황사인지 송화 가룬지 며칠 동안 날리더니 날은 다시 청명하고, 먼 산에 뻐꾸기 우는데 느닷없이 건넛마을 아파트촌 사는 동창생 아버지 돌아가셨다고 전화 왔다.

호상이니 심심하던 차 차라리 잘됐다고, 옷 갈아 입고 나서는데 이건 또 무슨 전환지 따르릉, 벨 울린다.

"여보슈. 뉘슈?"

"할아버지!"

"오냐, 종수로구나."

"할아버지!"

"왜야."

"할머니 좀 바꿔 주세요."

"할미 고모네 갔다."

"고모네?"

"그랴, 애기 받으러 갔지."

"그럼, 할아버지!"

"오냐, 어서 말해 보렴."

"저……, 감자는 언제 캐나요?"

"감자? 감잔 웬 감자냐?"

"감자밭에 감자요."

"이 녀석아, 그 감잔 엊그제 심었는걸?"

"그럼, 멀었나요?"

"그러니께, 하지 감자라지 않더냐? 하진께 여름이지. 그런데 왜 그러느냐?"

"그럼, 안녕히 계셔요."

"엥?"

전화가 뚝 끊긴다.

'갑자기 감자는? 실없는 녀석 같으니라구.'

할아버지 다시 나와 방문 닫고 마루 끝에 엎어 놓은 흰 고무신 꿰신으며, '감자? 옳거니, 감자밭에 꿩알이로다.'

허허허 혼자 웃으며 팔자걸음 옮겨 놓는데 다시 따르릉, 전화벨 또 울린다.

"뉘슈?"

"영감유?"

"그려, 임자. 워떻게 된겨?"

"당신 방금 외할아버지 되셨수."

"허허, 그녁은 외할미 되구?"

"잘 기슈, 지샷날 대서 갈꺼구만유."

"잘 됐네. 집 좀 비워야 할 텐디, 나 읎을 때 전화 올깨비 맘 걸렸는디……."

"어디 시방 마실 가슈?"

"그럴 일 생겼응게, 전화 끊어!"

벌어진 입 못 다물고 팔자걸음 떼어 놓는데, 성황당 지나면 황새밭, 황새밭 머리엔 조상님 무덤들이로다.


지난해 여름 일이다.

할아버지는 아들네를 불렀다.

장마 오기 전 감자 캐는데 자손들 불러 일손 덜고 무엇보다 만날 학원 다닌다고 눈코 뜰 새 없이 바쁜 맏손주, 종수 녀석이 보고 싶었던 거다.

논밭은 대부분 고속도로 뚫리는 데 들어가고 아들은 그 보상비 받아 좋다꾸나 대처로 나가고 텃밭 외에 땅이라고 남은 것이 산비탈에 있는 황새밭 한 자락뿐이다. 이름뿐이지 언제부턴가 황새는 오지 않고 거기에 해마다 감자를 좀 심었는데, 아들네 부르면 차가 있으니 옮기는 데 힘 덜 들고 수월하다. 그런데 막상 아들놈 출장 중이고 느지막이 나타난 것은 며느리와 손주 녀석이었다.

그 사이 할멈과 할아버지는 두세 고랑을 캐 놓았다. 차가 오지 못했으니 이미 캐 놓은 감자도 져 나르자면 여러 짐이요, 리어카로 나르려면 고속도로 밑으로 뚫어 놓은 통로 지나는데도 저만치 도는 길이 수월찮은 거리다.

할멈은 그저 손주가 반가워 선산 아래 왕솔나무 그늘에서 어쩔 줄 몰라 웃고 떠들고, 며느리만 밭고랑에 널린 감자알 한 군데로 모아 놓으며 늦은 것을 송구스러워하는데 할아버지는 캐던 두렁이나 마저 캐겠다고 부지런히 호미질을 해 나가다가

"어니쿠나, 이게 뭐시냐!"

깜짝 놀라 소리친다.

무성한 감자 포기 사이에 지푸라기며 마른 풀잎, 잔디 뿌리를 물어다 꾸민 둥지 하나 놓여 있고, 거기, 알록달록한 새알이 여남은 개 들어 있었다.

"뭐예요, 할아버지?"

처음엔 흙 속에서 감자알이 줄줄이 딸려 나오는 게 신기하여 이리 뛰고 저리 뛰다가 종내는 덥다면서 나무 그늘로 물러

앉아 할멈과 노닥거리며 음료수 병만 기울이던 종수가 이 쪽을 건너다보며 다시

"또 까마중 있어요?"

"그게 아니고……."

"아버님, 뭐예요?"

며느리가 우선 오고

"할아버지, 뱀?"

종수도 일어선다.

그 때 솔숲 쪽에서 꿩이 꿩꿩 우는구나.

"그게 아니고, 그러니까 이게 머시냐. 새알은 분명헌디…… 아마 꿩알인 모냥이다."

"꿩!"

종수 놈 두 눈 뚱그래져 달려오다 모아 놓은 감자 무더기 잘못 밟고 미끄러져 주저앉고

"어허이, 좀 천천히. 서둘지 말고!"

며느리가 한마디 주의를 주고

"꿩알? 어디, 어디!"

종수 다시 달려오고

"이봐라. 나뭇가지 마른풀 풀뿌리랑 물어다가 이렇게 둥지 틀고 감자 포기 속에 숨어 알을 낳아 품었구나."

"세상에!"

며느리 감탄하고

"알을 품어요?"

종수 눈빛 반짝인다.

"그려. 에미가 알을 낳아 오랜 동안 품어 주면 알 속에서 새끼가 나온단다."

할아버지 둥지 안을 들여다보며 대꾸하고

"꿩이란 놈 하필이면 감자밭에 알을 낳누."

어느새 할멈도 다가와 혼잣말을 한다.

"어미는 어디 갔지?"

"글쎄다. 알을 품다 사람들 오니 도망쳤겠지. 아마 저 솔밭 덤불 속 어디 숨어 어쩌나 걱정하믄서 있을 게다."

할아버지 산소 뒤쪽 잔솔밭을 바라보고 종수도 그 쪽을 보는데

"얼마나 불안에 떨까."

며느리가 둥지 속 들여다보다가 할아버지 눈길 따라 솔숲 쪽을 둘러본다.

"시상에, 공도 많이 들였네. 짐승이나 사람이나 매한가지지. 암, 그렇구말구."

할멈 다시 혼잣말하며, 혼자 고개 끄덕이며 손바닥으로는

연신 종수 머리통을 어루만지고

"오늘 일은 여기서 끝이다! 다시 와서 캐더라도 이만치 남겨놓고⋯⋯. 암, 그렇구말구."

할아버지도 다짐하듯 혼자 고갤 끄덕인다.

"그러세요, 아버님. 맘놓고 알을 품어 새낄 치고 키워가게 충분히 기다려요."

며느리가 맞장구 치고

"할아버지, 왜 꿩이 감자밭에 알을 낳을까요?"

종수가 그 자리에 쪼그려 앉은 채 묻고

"글쎄구나."

할아버지가 뜸 들이는 사이

"그건 날짐승들이 아마 알 낳을 곳이 마땅치 않아서 그럴 거야. 도로가 뚫리고, 가까이 아파트도 들어서고⋯⋯."

며느리가 아는 척

"어미가 다시 올까요?"

종수만 자못 심각하다. 이번엔 할아버지가

"두고 볼 일이로구나⋯⋯."

담뱃갑을 꺼냈다.

해질 무렵에 아들이 달려왔다. 웬만하면 저녁 늦게라도 출장간 곳에서 빠져 나와 캐 놓은 감자 좀 옮기자고 며느리가 전화를 건 것이다. 아들도 꿩 둥지를 보며 신기해했지만 서둘러 감자를 옮기는 게 일이었다.

어두워서야 저녁밥 먹고 감자 한 자루 차에 싣고 아들네는 떠났다. 그러고는 이튿날부터 종수 녀석 전화가 걸려 오기 시작했던 것이다.

"할머니, 감자밭에 좀 가 보지, 응?"

"가 봤지."

"할아버지, 감자밭에 가 보셨나요?"

"자꾸 가 보면 에미가 싫어할 게다."

"꿩은 보셨나요?"

"사람 나타나면 숨지."

"할머니, 혹시 뱀이 안 올까요? 뱀이 꿩알 먹는다는데."

"그런 말 못 들었구나."

"뱀을 쫓는 데는 백반이 최고래요. 백반은 집에 있나요?"

"찾아봐야지."

"담배 가루도 괜찮댔어요. 뱀은 담배 냄새를 싫어한대요."

"오냐, 담배 가루 뿌려 두마."

"할머니, 꿩알 그냥 있어요?"

"오냐, 그냥 있더구나."

"할아버지, 혹시 꿩이 알 품는 거 보셨어요?"

"꿩 소리는 들었구나. (이녀석, 할애비, 할멈 안부는 번번이 묻지도 않는구나.) 너무 걱정 마라."

"안 오면 어쩌지? 그냥 놔 두면 곯을 텐데……."

매번 꿩 이야기만 하다 전화는 끊기곤 했다.

꿩은 다시 오지 않을 것 같았다.

둥지가 있는 밭이랑은 더 이상 건드리지도 않고, 그 옆 고랑까지 에돌아 넉넉히 남겨 두고는 하루 한두 포대씩 감자를 캐 나르며 슬쩍슬쩍 넘겨다보았지만 왠지 느낌이 그랬다.

언제나 가 보면 마찬가지로 둥지는 둥지대로, 알도 그 모양 그대로 놓여 있었다.

다행히 백반이 집에 있어 둥지 주변에 갖다 놓고 담배 가루도 뿌렸지만, 뱀은커녕, 그것이 오히려 어미 꿩을 쫓는 건 아닌가 싶어, 이것저것 다 걷어 낸 다음 날, 전화만으로는 안 되겠던지 종수 녀석이 달려왔다.

"할머니, 아빠가 그러는데 어미는 다시 안 올 거래요."

종수가 말하고

"그래요, 어머님. 잡힐까 봐 불안해서 못 오는 거죠, 뭐."

함께 온 며느리도 거들었다.

"에미 맘은 그게 아닐 텐디. 암, 사람이나 짐승이나 에미 맘은 마찬가질 것인디……."

"그럴까요, 어머님? 짐승이나 사람이나 요새는 그렇지 못한 지두 모르지요."

"…… 그래서요, 할머니. 아빠가 인터넷에서 찾아봤는데요, 부화기를 빌릴 수도 있대요. 거기 맡기면 된대요. 그래서 오늘 꿩알 가져가려구요."

"장마인 모양인디, 그럴 줄 알았으면 감자나 다 캘 것인 디……."

할아버지는 담배만 뻑뻑 피우셨다.

며칠째 비가 내리고 있었다.

비를 맞으며, 종수는 결국 종이 상자에 솜을 두껍게 깔고, 거기다 꿩알 열한 개를 고이 담아 들고, 지 에미가 운전하는 자동차를 타고, 이번엔 감자도 한 포대 싣지 않고 돌아갔다.

이튿날 비는 그치고, 하루 뜸 들여 할아버지는 호미와 자루만 들고 밭으로 나갔다. 비 온 뒤지만 밭 흙은 마사토가 섞여 감자 캐기는 수월했다. 그런데 이게 웬일인가. 감자밭 옆에 콩 심었는데, 새들이 하도 덤벼 그물을 덮었는데, 글쎄, 그걸 모두 파헤치고 난장질을 해 놓은 거였다.

"알을 품으러 왔다가, 알이 없웅게 이냥 화풀이만 하고 갔구먼."

할멈이 혀를 차고

"그나저나 꿩알 가져간 건 어찌 된겨?"

할아버지가 말꼬리를 치켜올리고

"낸들 아우? 인자 전화 한 통 없응게. 그렇게 전화통 불이 나등만."

할멈은 그게 서운하고

"그냥 거기 놔 뒀어야 허는디……. 부화는 무슨 젠장할……."

할아버지는 혼자 푸념하고

"기계가 하 좋아 벨일 다 허는 시상인게, 혹시 알우? 빙아리 두 모두 기계로 깬담서……."

"깨면 뭘 헐겨? 키우긴 누가 키우구. 모조리 죽일 걸 왜 가져 가냐구, 가져가길."

"왜 지헌티 화를 내구 그류? 영감두 참, 나이 자시더니 변했 나 보우."

"변하긴 누가?"

"그까이꺼 꿩두 아니구 꿩알 몇 개 가지구 난리두 아닝게 말유."

할머니는 다시 혀를 끌끌 차며 감자알만 주워 담네.

## 4. 둥지

죽은 이는 죽은 이고, 산 사람은 새 음식에
오랜만에 친구 만나 술도 실컷 마셨구나.
밤잠은 집에 와 자도 새벽같이 다시 가고
장지까지 따라가니 그새 며칠 지났구나.
쓸쓸함 달랜다고 아랫마을 친구 찾아
바둑 한참 빠졌는데 후두둑 토란잎에
빗방울 듣는구나. 어이쿠나 소나길세
할멈 얼굴 떠오르고, 할멈 얼굴 떠오르자
비설거지 생각나고, 장독 뚜껑 열렸던가
빨래도 걷어야지. 바둑판 밀쳐 놓고
쏜살같이 달려온다. 허겁지겁 달려와서
간장 된장 고추장에 장독 뚜껑 우선 덮고
마른 빨래 걷으려고 바지랑대 내리는데
이것이 웬일인가, 빨랫줄에 걸린 조끼
커다란 주머니 속에서 포르르 새 한 마리
가슴이 두근두근, 바지랑대 세워 두고
주머니 속 들여다보니 이게 뭔가, 새 알일세.
마른 이끼 잔디 뿌리 나무껍질 물어다가
주머니에 둥지 틀고 알을 품고 있었구나.

이 일을 어쩔거나, 조끼는 그냥 두고
다른 빨래 주섬주섬 대충대충 걷어다가
청마루에 던져 두고 멍청하니 바라본다.
빨랫줄에 두 마리 새 어느새 와 앉았는데
부리에서 꼬리 끝까지 한 뼘은 될까 말까
잿빛과 갈색 깃털 부리 또한 색다르다.
어느 것이 암컷이고 어느 것이 수컷인가
따그닥 따그닥닥, 고갯짓 날갯짓에
한참 동안 망설이다, 그 가운데 한 마리가
조끼 쪽으로 다가앉아 이쪽 눈치 살피더니
둥지 속으로 들어가고, 남은 녀석 거동 보소
조촘조촘 움직여 조끼 옆으로 다가앉네.
자꾸만 이 쪽 보는 게 불안한 모양이다
무엇을 어찌 할꼬, 주룩주룩 우르르 꽝!
마음 갈피 잡지 못하고 이리저리 서성이다
옳다구나 그거구나, 사람이나 짐승이나
지붕 새면 몸이 젖지, 할아버지 거동 보소
뒤꼍으로 달려가서 요소비료 비닐 포대
찾아들고 나오더니, 안방으로 들어가서
가위 들고 나오더니, 포대 하나 반쯤 터서

둥지 우선 덮어 주고, 설날 손주 연 만들던
대나무를 쪼개 대고, 비닐 포대 활짝 펼쳐
비 가리개 만드는구나. 조끼 위에 지붕 덮고
빨래집게로 집어 놓고, 조심조심 바지랑대
다시 올려 세워 두고, 할아버지 혼자 웃으며
겨우내 버릇대로 담뱃갑을 찾는구나
주머니로 손이 가지만 동저고리 바람일세
담뱃갑은 어디 두고 라이터는 어디 갔나
이리저리 찾아내어 담배 한 대 태워 물고
시원스레 쏟아지는 빗줄기를 바라본다.
빨랫줄에 새 두 마리 비 맞으며 앉았구나
새야새야 이쁜 새야, 해코지 안 할 테니
안심하고 알 품어라. 놀라게 해 미안쿠나
어서 가서 알 품어라. 비 안 새게 가렸으니
마음놓고 새끼 까렴! 처마 밑에 떨어지는
낙수 소리 톰방톰방. 저만치 앞산 골짜기로
피어오르는 비안개 속, 푸드득 어디선가
꿩 한 마리 날아오르고, 어느새 비 그쳤나
빨주노초파남보라.
지집 죽구 자식 죽구, 헌 누데기 걸쳐 입구

이 집 저 집 문전걸식, 국꿍국꿍 국꿍국꿍
국꿍새가 우는구나…….
초상집 무덤 잔디도 봄비에 잘 살겠네.
비 개인 아침 산 속 마을, 온갖 잡새 날아든다.
라디오 소리 줄여 놓고 새 둥지 바라본다.
한 마리, 수컷인가 빨랫줄에 앉아 있고, 밤이나 낮이나 지키
다가 어미새와 교대하고, 그 사이, 암컷인가 어디 잠깐 날아가
더니 먹이 먹고 돌아오는지, 똥 누고 돌아오는지 다시 또 교대
하고, 암컷이 주로 품고 지키는 것 수컷인가. 할아버지, 막걸리
한 잔 마시고 딸네 간 할멈 기다린다.

할멈이 돌아온다. 시아버지 제수 마련, 들고 이고 돌아온다.
늘어진 외손주 불알, 생각만 해도 입 벌어지고 가만 있어도
웃음난다.
삼대독자네 시집간 딸, 기다리던 손주 녀석, 사돈댁네 체면
서고 밥 안 먹어도 배부르다. 해산관이라 말했지만 시절이 좋
고 보니 어미 할 일 따로 없다. 의사 간호사 아이 받고 미역국
은 물론이요, 산후조리까지 도맡으니 그야말로 굿 구경에 떡만
먹으면 되는구나.
사위는 사위대로 퇴근 때마다 맛난 음식, 사장어른 어른대

로 왔다 갔다 싱글벙글, 안사돈도 팔 걷어붙이고 별미까지 해다 대니, 더더구나 앉아 있을 수 없어 공연히 왔다 갔다, 삼칠일 다가오고 제삿날 또한 벌모레라, 날아갈 듯 기분 좋게 사돈댁을 하직하고, 나박김치 담그려면 어서 가야 된다면서 핑계 대고 시장에 들러 이것저것 사는구나.

생조기 한 마리에 마른 명태 두 마리에 밤 대추 집에 있으니 사과 다섯 개, 배 네 덩이, 곶감도 준비하고 산적거리도 사는구나. 이것저것 둘러보다 영감님 담배 사다 보니 증조부 제사 지내러 올 손주 녀석 생각나고, 올 때마다 지 에미랑 반찬 때문에 티격태격, 에라, 모르겠다 소시지도 한 봉 사고……. 사탕에 초콜릿까지 한 봉지씩 사 넣는다.

그러고 보니 며느리한테 말들을 일만 저질렀네. 그래도 나는 좋다, 할멈은 또 입 벌어진다.

보따리가 도로 두 개, 하나는 등에 지고 하나는 손에 들고 버스에서 내려 걸어 성황당 고개 넘어 논둑 밭길 다 지나서 사립 안으로 들어서는데

"아니, 저건 뭐시여?"

집 떠날 때 빨아 넌 조끼 아직 그냥 걸려 있고

"저 비니루 꼬깔은 또 뭐시당가?"

손에 들었던 보따리 청마루에 내려놓고 부엌으로 들어가 냉

수 한 바가지 떠 마시고 토방 아래로 내려서더니 빨랫줄 떠받친 바지랑대 손을 막 대려는데, 그 때 마침 어디선가

"건드리지 말어!"

고함 소리 먼저 들리고 쏜살같이 내달으며 할아버지 손짓으로 쉿, 할머니 앞을 막아선다.

"……."

"건들면 안 돼야! 조끼 주머니 속에 새가 알을 품는단 말여."

맨발의 할아버지가 숨이 찬 듯 말 더듬네.

"야?"

"딱새 한 쌍 날아들어 조끼 주머니에 둥질 틀고 벌써 열흘도 넘게 알을 품고 있어. 고속도로 건너 아파트촌 친구네 집 초상 나던 날인개벼."

"……."

"길조여! 길조라고. 그렇게 고것이 외손주 낳던 날인개벼. 그렇게 그런줄 알고 어여, 조용히 안으로 들더라고."

할아버지가 할머니 돌려 세우고 등을 자꾸 밀어 댄다.

"가만 기슈, 알었응게 이 손일랑 놔 봐유."

"그러고 저러고 간에 낼모레가 연휴겠다, 제삿날, 종수 놈 올 텐디 그것이 걱정이구마."

할아버지, 여전히 할머니 등 떠밀며 자기 말만 늘어놓네.

"종수가 어쨌다구유?"

"손주라면 그저 귀도 멀지."

할머니 청마루에 올라 보따리 속에서 궐련 봉지 꺼내 놓으며

"종수한테 전화 왔다구유?"

"전화는 무슨, 낼모레 올걸."

할아버지 모른척, 핀잔주듯 하고 궐련 봉지 뜯는구나.

청마루에 두 노인네 나란히 앉아 있고

빨랫줄에 딱새 한 마리 그린 듯이 앉아 있고,

겨우내 할아버지 입고 뭉갠 조끼 주머니에

새 한 마리 알을 품고

건너편 산 숲 속에서 느닷없이 장끼 한 마리 날며 꿩꿩!

숨죽이게 고요한 봄날이 또 하루 가는구나.

산골짜기 두 늙은이 무슨 재미로 사느냐면

할아버지 혼자 웃으며 대꾸하는 말이 있다.

어쩌다 호젓할 때 없는 건 아니지만

그거야 인간 세상 그 누구나 매한가지

산골이라 말하지만 적막한 것만도 아니라네.

산만치 밤낮없이 이런저런 소리 들리는 곳도 드무니

보이는 데서는 딱새 박새 직박구리

보이지 않는 숲에서는 호호호호 호오 검은 등 뻐꾸기

뻐꾸기와 꾀꼬리와 딱따구리 멧비둘기
거기다 뽀뽀뽀뽀 보오 두견새요,
호오오 호켓교오 휘파람새
쏙쏙쏙쏙 쏙독 쏙독 쏙독새요,
호오오오 호오오오 호랑지빠귀
우우 후후후우 올빼미도 울음 운다.


## 5. 제사

아들 며느리네 들이닥친다. 손주들도 왁자지껄
어이구 우리 강아지들, 어서 오니라 어서 와!
할멈은 손주만 보면 언제나 호들갑이다.
사촌네 육촌네도 들고나며 음식 준비
할아버지는 노심초사, 손주 절 받고 나더니만
"저기 저 막대기 건들면 절대 안 된다. 알았느냐?"
아뿔사, 말한 것이 오히려 잘못인가, 이것 보게나
"저 막대기 뭐 하는 건데, 할아버지?"
손주놈이 다그친다.
"저것이 뭣이냐 하면 바지랑대라 하는 것인디, 빨랫줄 늘어지지 않게 받쳐 놓는 물건이라."

"그걸 왜 건들면 안 되는데, 할아버지?"

내 이럴 줄 알았지, 모르는 척 그냥 놔 두니만 못했구나.

"그것이 시방 기둥이거든."

"무슨 기둥, 할아버지?"

"집을 받치는 기둥이지."

"무슨 집인데. 할아버지?"

"저기 저 빨랫줄에, 검정 조끼가 걸려 있지? 그 조끼 위에 걸쳐 놓은 지붕 아래……."

"그 아래 뭐가 있는데? 그 속이… 아, 새집이구나. 그렇지 할아버지?"

"……."

"꿩? 꿩이 저기다 또 알을……."

"꿩이 어찌 조끼 주머니에 알을 낳겠느냐. 딱새란 놈이, 고모가 사 보낸 나일론 조끼 주머니 속에……."

"딱새? 얼마나 작은데? 알이 몇 갠데, 할아버지?"

"……(이거 큰일이 나도 단단히 났군)."

"어떻게 생겼어? 꿩알 보다 작지? 그치?"

"이 할아비 손톱만 한데, 알록달록 회색 점과 붉은 점이 있더구나."

"보여 줘, 할아버지!"

"……."

"보여 줘, 응?"

"어미새가 놀랄 게다."

"가만히, 살짝!"

"절대 안 돼!"

할아버지와 손주 된다 안 된다 밀고 당기고

"저 녀석들, 큰일났네. 할애비가 몰리나 보다!"

지나가던 할멈이 귓속말 한 마디 하고

"종수, 너 또 그럴 거야?"

며느리가 힘주어 두 눈을 흘기는구나.

할아버지, 샐쭉해진 손주놈 달래는데

"개울가에 가설라무니 깨끗한 모래 한 주발 담아 오너라. 제사 지낼 때 쓸 모사 만들게스리. 그러고 내일 아침 조용해지면 내 꼭 한번 보여 주마."


시루떡 찌느라고 부엌문 밖으로 김이 뭉게뭉게

목기 꺼내 물행주질, 향나무도 깎아 놓고

제사상도 내려놓고 병풍도 꺼내 놓고

겉껍질 벗겨 물에 담갔던 밤 속껍질 칼로 치고

사랑채에 바깥손님 날 저물며 음식 접대

안방에는 안손님들, 부산하게 들고난다.

종수는 먹을 갈고, 할아버지 한지 한 장 꺼내

가로 6센티미터 세로 22센티미터

곱게 자른 한지 위에 지방을 모시는데


현고 학생부군 신위(顯考 學生府君 神位)

현비 유인안동권씨 신위(顯妣 孺人安東權氏 神位)


병풍을 세워 놓고, 제사상도 세워 놓고

좌우 양편에 촛대 세우고 첫째 줄에 과일 조과(造果)

홍동백서(紅東白西)[1] 진설하고 둘째 줄에 좌포우혜(左脯右醯)[2]

생동숙서(生東熟西)[3]로 진설하고 셋째 줄에 탕(湯)을 놓고

넷째 줄에는 적(炙, 불에 굽거나 찐 음식)과 전(煎, 기름에 튀기거나

부친 음식)을 진설하고 적전중앙(炙煎中央)[4], 어동육서(魚東肉

西)[5], 동두서미(東頭西尾)[6]에 따라 진설하고

---

**1)** 제사상을 차릴 때에 붉은 과실은 동쪽에 흰 과실은 서쪽에 놓는다.

**2)** 포(육포나 북어)는 왼쪽, 식혜는 오른쪽에 놓는다.

**3)** 익힌 나물(고사리, 도라지, 시금치 등)은 서쪽, 김치는 동쪽에 놓는다.

**4)** 적과 전은 중앙에 놓는다.

**5)** 어류 적이나 전은 동쪽에, 육류 적이나 전은 서쪽에 놓는다.

**6)** 어류의 경우 머리는 동쪽, 꼬리는 서쪽을 향하게 놓는다.

다섯째 줄에는 메(밥)와 갱(국)을 고서비동(考西妣東)[7]으로 진설하는데

　"그렇지만, 지방마다 집집마다 형편 따라 같을 수 없으므로 '남의 집 제사에 감 놔라 배 놔라 한다'는 속담처럼 진설에는 참견을 금하는 법이로다."

　할아버지가 제상 머리에서 이래라 저래라 감독하다가 한마디 하는구나. 이 때 종수는 달빛 깔린 마당 가운데서 바지랑대를 지키는데 할아버지 제사 준비로 자리를 비우는 사이 놀랍게도 새 둥지를 종수에게 맡겼던 것이다.

　"할애비는 종수를 믿제. 늬는 우리 가문 장손 아닝감."

　진설 모두 끝이 나고 제사 지낼 차례인데 문제 하나 생겼구나.

　제사를 지내려면 신위봉안(神位奉安)[8]이 우선인데

　예로부터 조상신이 제삿날 오시는데 빨랫줄을 걷지 않으면 그냥 간다 하셨구나.

　"마땅히 걷어야지. 혼령들 못 오시면 제사 지내나 마나여."

　할아버지 위엄 있게 한 마디

　"아까 저녁때까지 할아버지가 지키시다, 손님들 오시면서 나더러 지키라더니, 이제 와서 왜 건드리려고 해? 어미새 놀라

---

7) 진설법에 따라 신위·메·갱·술잔을 놓을 때 아버지는 서쪽, 어머니는 동쪽에 놓는다.

8) 죽은 사람의 영혼을 받들어 모시는 것으로 돌아가신 분 사진을 놓기도 한다.

도망가면 어쩌려구."

손주 녀석 응수하고, 아들이 한 마디 거드는데

"그 동안 전깃줄 전화선 그대로 놔 두구 지내왔는데, 빨랫줄 걷는 건 그저 형식에 지나지 않는 일이지요. 자꾸 마음 걸리시면 바지랑대를 더 높이 세우지요. 제가 훌쩍 들어올리고 올랍니다."

"그래라, 이왕 봐 주는 거 살살 다루려무나."

할아버지 못 이기는 척 우물우물하고 만다. 이렇게 해서 결국, 바지랑대만 이어 들어올리고 이 날 밤 제사 계속된다.

다음 순서 강신(降神)[9]이요, 세 번째가 참신(參神)[10]이요, 초헌(初獻)[11] 독축(讀祝)[12] 순서로다. 아헌(亞獻)[13], 종헌(終獻)[14], 삽시(揷匙)[15] 후에 합문(闔門)[16] 순서 되었구나.

제사상에 병풍 치고 문 밖으로 모두 나오는데 마당에는 달

---

**9)** 제사를 지내는 절차의 하나로 처음 잔을 올리기 전에 향을 피우고 제주가 술잔을 받아 모사 위에 세 번 나누어 붓는 것으로 신을 부르는 행위이다.

**10)** 제사 참석자 모두가 두 번 절하는 것으로 신에게 인사하는 순서이다.

**11)** 첫 번째 술잔을 신위 앞에 올리고 제주와 모두가 꿇어앉아 있다.

**12)** 축관이 축문을 읽고 두 번 절한다.

**13)** 두 번째 술잔을 올리고, 올린 사람만 두 번 절한다.

**14)** 세 번째 술잔을 올린다.

**15)** 숟가락을 메에 꽂고 젓가락을 바르게 놓는다.

**16)** 제사 음식을 물리기 전에 잠시 문을 닫아 조상이 식사하는 자리를 비켜 드리는 행위이다.

빛이 가득, 높이 떠받친 바지랑대 끝에 누비 조끼 여전하고, 그 옆에 까마득히 새 한 마리 앉아 있다.

"내가 어렸을 적에 뒷산에 올랐다가 동무들 꾐에 빠져 별 생각 하지 않고 산새 알을 꺼냈다가 아버님, 그러닝께 바로 오늘 밤 제사 잡숫는 어르신께 어쩌다 들켜설랑은 다시 갖다 넣었지만 나중에 다시 가 보니 그냥 곯아 썩었던지, 뱀이 와서 먹었던지, 다른 새가 먹었던지 겉껍질만 남았더구나. 짐승이라는 게 영물이라 자리를 옮기거나 사람 손이 타고 나면 다시는 그 어미가 알을 품지 않으니 오늘 일은 잘헌 일이다. 조상님네도 아시겠지."

할아버지 다시 한 말씀하시고

"저놈들 모두 농경지나 강가 모래밭에서 번식하던 놈들이쥬. 공장 짓느라고 농경지가 줄어들고, 강변에 카페 모텔 여기저기 들어서고 살 곳을 잃고 나서 민가로 옮겨든규. 강원돈가 어디선가는 멧돼지까지 내려온대유. 신문에서 봤던가 영화에서 봤던 일인가……."

아들이 응수한다.

"이제 그만 들어가자!"

할아버지 기침 세 번, 방문 열고 들어가니 아들 손주 사촌 육촌 뒤따라 들어간다.

계문(啓聞)[17], 헌다(獻茶)[18] 다 끝나고 철시(撤匙)[19], 사신(辭神)[20] 순서로다. 지방과 축문을 불사르니 제사 순서 끝이 나고 음복(飲福)[21] 차례 되었구나.

바지랑대 끝에는 여전히 누비 조끼, 암컷은 둥지 속에서 포란[22]하고, 수컷은 여전히 빨랫줄에 앉아 그 밤을 지새운다.

"짐승도 사람 사는 모습이나 같아 봐서, 그 중에도 날 짐승이 사람과 같아 봐서 저러다 날개 돋으면 둥지를 떠난단다. 품안에 자식이란 말 있듯이, 제 길로 다 자라면 어느 날 포르르 날아가지……."

"종수 녀석도 훗날 그러겠지요, 어머님?"

할멈이 며느리와 남은 음식 간수하고 달빛 쏟아지는 안마당 내다보며 조곤조곤 얘기한다. 종수 녀석 졸음 못 참고 어느새 어미 무릎에 쓰러져 잠이 들었구나.

한밤중 손주 놈이 오줌 마려운지 일어나고, 할아버지도 잠이 깨어 저놈이 어쩌나 보자 살피는데, 비틀비틀 나와서는 마

---

17) 합문 순서 다음으로 어른이 기침하고 문을 열면 사람들 모두 방 안으로 들어간다.
18) 갱을 내리고, 숭늉을 올려 메를 세 숟가락 떠 물에 만 다음 모두 엎드린다.
19) 숭늉 그릇에 놓인 수저를 거두고 메 뚜껑을 덮는다.
20) 신을 보내는 인사로 일동이 두 번 절한다.
21) 상을 들어낸 후 조상이 남겨 준 음식을 자손들이 나누어 먹는다. 이 음식을 먹으면 복이 있다 하여 친족은 물론 이웃집에도 보낸다.
22) 부화하기 위하여 암새가 알을 품어 따뜻하게 하는 일을 말한다.

당가에 오줌 깔기고 살금살금 소리 죽여 바지랑대로 다가선다.

엇험! 할아버지 문 여는 소리에 흠칫 놀라 물러서고

"종수야, 할애비가 내일 아침 보여 주마."

"할아버지, 약속 꼭 지킬 거지?"


## 6. 아침

이 녀석들 늦잠이네, 깨우지 말고 그냥 두고

할멈과 며느리는 느지막이 아침밥 짓고 제사 음식 따끈히
덥혀 아침상을 차리는구나.

"할아버지, 보여 줘요. 새알 어서 보여 줘요."

손주 손녀 밥상머리에서 자꾸만 졸라 댄다.

"오냐. 걱정 마라, 할애비가 거짓말허겠느냐."

할아버지 수저 놓고 마당으로 우쭐우쭐 손주 손녀 따라 나
와 바지랑대 둘러선다.

"엄마, 아빠 나오셔요. 할머니도 나오셔요."

할아버지 살금살금 바지랑대 내리신다. 밤새워 둥지 지키던
수컷이 날아오르고, 바지랑대 내리는데도 어미는 그냥 있었던
지 바지랑대 다 내리자 어미 또한 날아오르고, 빨랫줄 낮게 내

리자 둥지 속이 다 보인다.

"세상에!"

"어쩌면!"

"간 밤에 새낄 깠네!"

"올챙이 같다, 오물오물······."

"아냐, 아기 햄스터 같애. 그치?"

"그래, 그래 너희들도, 맨 처음 어미 뱃속에서 나왔을 때, 꼭 이 모양 같았느니라. 이렇다가 날개 나고 제 모습 다 갖추면, 시방 너희들 같이 요렇게 이뻐지는 것이구먼."

할멈과 며느리는 눈시울이 붉어지고, 어미, 아비새는 머리 위에서 날개 치며 딱딱거린다.

"이제 그만 올려 주자."

"그래요, 할아버지 어서 올려 주세요."

제3부

# 낮달

어느 길 잃은 어린 여자 아이가
한 손의 손가락에
꽃신 발 한 짝만을 걸쳐서 들고
걸어서 맨발로 울고는 가고
나는 그 아이 뒤 곁에서
제자리 걸음을 걸었습니다
전생 같은 수수년 저 오래 전에
서럽게 떠나 버린 그녀일까고
그녀일까고

—서정춘 지음 〈꽃신〉

# 1

자고나면 판자 울타리 바깥벽에 삐라가 붙어 있곤 했다. 붉은 줄이 죽죽 그어진 먹글씨거나 먹줄이 죽죽 그어진 붉은 글씨였다. 엄마와 아빠는 양동이에 물을 담아 들고, 몽당 빗자루를 들고 나가 그걸 떼어 내곤 했다. 물을 좍좍 끼얹고는 빗자루로 썩썩 문지르면 검붉은 물이 흘러내려 마른땅을 적셨다.

들판엔 지난해같이, 그 전전 해와 다름없이 자운영꽃이 만개하여 작은 벌떼를 불러왔다. 그 속에서, 마치 보랏빛 보료를 펼쳐 놓은 것 같은 논바닥에서 아이들은 엉덩이에 풀물을 들이며 재주를 넘고 뒹굴었다.

한쪽에선 이리 뛰고 저리 우르르 몰리며 공을 찼다. 공이라는 게 돼지 오줌통에 입 바람을 불어넣은 것이었다.

"정례네 큰누나 시집가는데 왜 우리 집 돼지가 죽는대유?"

나는 내 앞으로 굴러 온 돼지 오줌통을 힘껏 걷어찼다. 닳아 헐거운 신발이 공보다 멀리 날아갔다.

"그래야 늬 신발 사줄 거 아녀?"

아침에 밥상머리에서 아버지가 말했다.

잔칫집에서 잔치 국수며 부침개며 돼지고기까지 한 점씩 얻

어먹은 아이들은 괜히 신바람이 났다.

"저기 좀 봐봐!"

한 아이가 말했다.

"워디?"

"저어기, 사람이 소잖남?"

"그렇게 말여, 저 행길에 구르마!"

아이들은 한길 쪽을 바라봤다. 정갱이까지 걷어올린 무명 바지와 동저고리 바람에 무명 수건으로 머리를 질끈 동여맨, 다리를 저는 한 사내가 마차를 끌고 있다. 맨발에 검정 고무신, 광목 치마저고리에 수건을 쓴 아낙네는 뒤에서 민다. 마차 위엔 이불 보퉁이며 솥단지 같은 살림살이가 실려 있고 갓난아기를 업은 갈래 머리의 계집애 하나가 마차에서 너댓 걸음 뒤처져 걸으며 이 쪽을 보고 있다. 검정 치마에 흰 저고리, 그 애가 순덕이였다.

순덕이네가 강마을 둠벙집으로 이사를 온 것은 어느 날 갑자기 서북청년단이 들이닥쳐 산 아래 안동네를 그야말로 쑥대밭으로 만들고 불까지 지른 그 이듬해 봄이었다.


순덕이 엄마는 방앗간집 창고지기가 되고 순덕이 아버지는 정례네 일꾼 양반이 됐다(정례는 순덕이 아버지를 꼭 일꾼 양반이라고 불렀다). 일꾼 양반은 주로 방앗간집 물을 길어 대고 마당을 쓸거나 장작을 패는 등 허드렛일을 도왔다.

순덕이와 나는 같은 반이었다. 그러나 나는 입학만 해 놓고 학교에 갈 수 없었다. 온몸에 부스럼이 나더니 영 낫질 않았던 것이다. 인근엔 병원도 약방도 없고 오일장에 나가 연고를 사다 발랐다. 연고라지만 요즘 같이 튜브 속에 든 게 아니라 짝도 맞지 않는 조개껍질에 담아 파는 싸라기 죽 같은 거였다. 유황 냄새가 독했다.

순덕이는 씽씽했다. 엄마가 가위로 자른 뒤웅박 머리를 하고도 학교를 잘도 다녔다. 하교 시간쯤이면 나는 벌거숭이가 된 채로 몸뚱이를 홑이불로 감싸고 순덕이를 기다렸다. 그 애는 오자마자 툇마루에 개다리소반을 놓고 교과서를 폈다. 그리고 그날 그날 학교에서 배운 걸 내게 가르쳤다. 그런데 차근차근 잘 나가다가 어느 순간 버럭 화를 내며 30센티미터 대자로 내 손바닥을 때리기도 했다. 그럼 나는 눈물이 글썽해진 눈으로 하늘을 쳐다보았다. 거기, 오동나무 가지 끝에 하얀 낮달이 걸려 있었다.

때론 아무리 기다려도 순덕이가 오지 않는 날도 있었다. 그날도 그랬다. 매미는 앵두나무 가지에서 자지러지게 울고 땡볕 아래 옥수수는 텃밭에서 잘도 영그는데 나는 너무나 심심한 나머지 대청마루에서 홑이불을 감고 뒹굴다 그만 까무룩 잠이 들었던 모양이다.

"꼭 고치 같다!"

내 귀에 누군가의 입김이 스치면서 이런 소리가 들렸을 때, 나는 잠결인데도 얼른 두 손으로 사타구니를 가렸다.

"늬가 꼭 누에고치 같다구, 큭큭!"

순덕이의 둥글넓적한 얼굴이 커다랗게 다가오는 것 같았다.

"저리 비켜!"

"선상님이 심바람시켜서 늦었다, 뭐."

순덕이는 여느 날같이 개다리소반에 교과서를 펴며 말했다. 그제야 보니 홑이불로 감싸고 누운 내 모습이 정말 누에고치 같기도 했다.

이듬해 봄, 나는 드디어 학교에 갈 수 있었다. 그리고 당연하다는 듯 순덕이 옆에 털썩 앉았다. 그런데 선생님이 1학년 교실로 가라 했다. 그래야 된다고 하셨다. 나는 앓아 누웠다. 큰댁에서 할머니가 달려오시고, 아버지가 교장 선생님을 찾아뵙고, 어떻게 어떻게 해서 나는 그냥 2학년이 됐다. 그리고 지난 일년 간 순덕이가 얼마나 꼼꼼히 가르쳤던지 나는 잘 따라갔다. 그런데 갑자기 어느 날 빵점을 맞게 됐다. 그것도 내가 가장 자신있는 국어 시험에서.

높다 = 좋은 것

검다 = 나쁜 것

예쁘다 = 좋은 것

더럽다 = 나쁜 것


청개구리(아기개구리는 엄마개구리의 말을 듣지 않았다. 앉으라면 서고 서라면 앉았다. 나가라면 들어오고 들어오라면 나갔다. 엄마개구리는 병이 들어 죽어 가면서 아기개구리에게 '내가 죽으면 냇가에 묻어 달라'고 말했다. 그래야 반대로 산에 묻을 거라고 생각했던 것이다. 그런데 뒤늦게 잘못을 뉘우친 아기개구리는 마지막으로 엄마 말을 그대로 따른다. 그래서 엄마를 냇가에 묻고는 비만 오면 엄마 무덤이 떠내려갈까 봐 슬피 운다는 내용) 단원을 직접 배우지 못했던 나는 반대말을 묻는데 모두 엉뚱한 답을 적었던 것이다. 어찌 된 일인지 순덕이는 그 단원을 빼먹었다. 무슨 이유로 순덕이는 그 날 결석을 했던 건지도 모른다. 여하튼 그 날 순덕이는 내 앞에서 종일 고갤 들지 못했다.

그로부터 이태 후던가 전쟁이 일어났다.

## 2

방엔 불을 지피지 않았다. 밥은 마당에서 화덕에 해 먹었다. 앞뒤 방문엔 모기장을 발랐다. 그래도 더운 날은 더웠다. 특히 바람이 없는 날은 몹시 무더웠다. 엄마는, 미역을 감고 가만히 들어가 냉골에 등 대고 누워 있으면 곧 시원해진다고 그러고 있으면 곧 잠이 들 거라고 했지만 나는 이리저리 뒤척이며 쉬 잠들지 못하고 있었다.

나는 홑이불 밖으로, 가슴 위에 두 손을 깍지 끼고 누워 있었다. 어머니가 꼭 그러라고 했다. 나는 뒷간에서 볼일을 보고 괴춤을 추스르다가 독뱀같이 발딱 고개를 쳐든 내 고추를 보았다. 나는 그걸 만지다가, 느닷없이, 기침 소리도 없이 엄마가 변소 문을 여는 통에 너무나 놀랜 나머지 발을 헛디딜 뻔했다. 엄마는 그 날부터 내 손을 이불 속에 넣지 못하게 하셨다.

엄마와 아빠는 낮에 길어 온 허드렛물로 등목을 하는 중이었다.

"영 시원치가 않여."

"그럼 워치케 헌대유."

"홀딱 벗구 들이부었으면 조컸는디, 시방."

"애가 방금 들어갔는듀."

"잠들었겠지 뭐."

"그럼 가만가만 벗어 봐유."

"대문은 잠궜지?"

"야."

"어허, 시원타!"

"좋으시겠슈."

"당신두 벗구 돌아앉어 봐!"

"어이구, 숭혀라."

"얼매나 시원헌디."

"됐슈."

비행기는 밤하늘 높이 떠서 그냥 제자리를 맴도는지 계속해서 웅웅거렸다. 문 밖이 가끔 훤해지고 먼 산등성이 등마루가 쇠등같이 나타났다 지워지는 걸 보면 큰 강 건너 도시에 폭격이라도 있는 모양이다. 나는 어서 자야지, 자야지 하면서도 잠이 쉬 오지 않아 홑이불 밖으로 깍지 낀 손목에 끙, 힘을 주었다. 울타리 밖을 줄지어 지나가는 군화 소리가 저벅저벅 들렸다.

전쟁이 일어났다지만 아직 별일은 없었다. 아버지는 대장간에서 헌 드럼통을 잘라 마차 바퀴 테도 두르고 호미와 낫 등 농기구를 만들었다. 평소와 다름없이 봄이 오면 들판 길은 그대로 뻘밭이 됐다. 강둑길도 마찬가지였다. 언 땅이 녹기 때문이었다. 거기다 비가 내리면 그야말로 팥죽이었다.

들판은 옛날 바닷물이 들어오던 곳이라 했다. 일정 때 개펄을 막아 둑을 쌓고 논을 만들었다고 했다. 그 들판을 가로질러 신작로도 뚫고 논길도 만들었다.

어딜 파도 조개껍질이며 굴 껍데기가 나왔다. 그렇다 보니 이곳에선 우물을 파도 식수를 얻을 수 없었다. 짠물이 나올 뿐이었다.

샘은 천방산 아랫마을에 있었다. 먹을 물을 얻기 위해서는 그곳 산 아랫마을까지 가야 했다. 그래서 어른 아이 할 것 없이 물지게를 졌다. 오죽하면 '젖 떨어지면 물지게를 진다'라는 말이 생겼을까.

물을 얻는 방법은 두 가지였다.

우선 강둑길을 이용하거나 논둑길을 이용해서 식수를 길어오는 방법인데, 강둑은 지름길이지만 둑을 오르내리는 불편을 감수해야 하고 논둑길은 평탄한 대신 구불구불 돌아가야 했다.

강바닥으로는 산골짜기로부터 민물이 흘렀다. 그러다 밀물 때면 바닷물이 들어왔다. 바닷물은 이따금 황포 돛을 세운 새우젓 배도 띄웠다. 그러다 썰물 때는 다시 강바닥으로 민물이 흐르고, 사람들은 다리 위에서 두레박을 내려 강물을 길어 올렸다. 그래서 목욕도 하고 허드렛물로 사용했다.

순덕이는 맨발이었다.

맨발로 팥죽같이 된 뻘밭을 비틀거리며 걸어가고 있었다.

"⋯⋯가난 구제는 나랏님도 못 한다, 가난한 집 제삿날 돌아오듯 한다, 가는 년이 물 길어다 놓고 갈까⋯⋯ 풋풋풋!"

순덕이는 만날 맨발이었다.

비가 와서 개펄이 묻어나면 미끄럽다고 벗어던지고, 비가 안 와도 찢어진 고무신 거추장스럽다고 벗어던지기 일쑤였다.

나는 코가 찢어진 순덕이 검정 고무신을 들고 간다. 미안하다. 순덕이가 진 물지게가 바로 내 것이기 때문이다. 언제나 그랬다. 빈 물지게를 지고 안마을로 향할 때 순덕이는 어디 있었을까?

물초롱에 물을 가득 채우고, 물지게를 지고 일어서려면 어디선가 나타나곤 했다. 그래서 순덕이가 내 물지게를 빼앗아지면, 나는 순덕이가 벗어던진 고무신과 두레박을 들고 뒤따르게 마련이다.

"⋯⋯가는 날이 장날이지, 풋풋풋! 가는 비에 옷 젖는 줄 모른다, 가뭄 끝은 있어도 장마 끝은 없다, 가재는 게 편, 가지 많은 나무 바람 잘 날 없다. 맞는 말씀! 갈수록 태산, 값 싼 게 비지떡⋯⋯."

순덕이는 계속해서 속담을 외우며 간다.

순덕이네 집에는 학교 교과서 빼고 책이라곤 속담집 한 권밖에 없단다. 그나마 아버지가 뒷장부터 찢어 잎담배를 말아 태우고 이제 가나다라마바사 밖에 남은 게 없다고 했다.

"……씨도둑은 못 한다, 쓴 맛 단 맛 다 보았다, 쓰면 뱉고 달면 삼킨다, 쏟아 놓은 쌀이요 엎지른 물이다, 썩은 새끼도 쓸데가 있다, 쌍지팡이 짚고 나선다, 쌈짓돈이 주머니 돈이다, 싼 것이 비지떡…… 여기서 만나네, 큭큭큭!"

나는 장화를 신고 있다.

순덕이에게도 아빠가 장화를 한 켤레 사 주셨다. 내 공부 가르쳐 주고 내 물지게 자주 져 준다고, 내 장화 살 때 똑같이 한 켤레 사 주셨다. 언젠가는 헌 드럼통을 하나 어디선가 굴려다가 칼을 벼려 보습을 만든다는 뜻의 할아버지 글씨가 걸린 우리 집 대장간 옆에 세워 놓아서 식구들을 놀라게 하기도 했다. 그래서 더욱 고맙다고, 엄마와 의논해 아빠가 사 준 장화를 순덕이는 신지 않았다. 아꼈다. 아끼는 줄 알았다. 그런데 순덕이는 그 장화를 오일장 신발 장수에게 갖다 주고 꽃신으로 바꾸었다고 했다. 그건 명절 때 신겠다면서 여전히 코가 찢어진 검정 고무신을 신고 나섰다. 그러고는 물지게를 지거나 또남이 업고 줄넘기 할 때는 후딱 벗어던지곤 했다.

"좀 쉬어가."

내가 말했다.

"……."

순덕이 가슴이 봉긋하다. 물지게 멜빵이 잡아당기니 아플 것이다.

"내가 좀 질게."

"……."

순덕이는 여전히 대답이 없다. 멜빵끈은 어깨도 찍어 누를 거다. 나도 그걸 안다.

"힘들지?"

내가 다시 물었다.

"괜찮아."

"좀 쉬어!"

"진짜, 마누라는 읋어두 장화 읋인 못 살 동네야……. 이건 명언인가, 속담인가……. 크크크."

순덕이가 드디어 물초롱을 내려놓으며 한숨 쉬듯 말했다.


이따금 보이는 군인들, 여기저기서 터지는 폭발물 사고 소문, 쌕쌕이 기총소사, 장백산 줄기 줄기에서 우리의 빛나는 김일성 장군으로 끝나는 노래, 소년단의 붉은 마후라, 인민재판,

추락한 비행기에서 나온 쇠붙이들……. 그 가운데서도 가장 신기한 것이 배터리라는 물건이다. 된 엿같이 생긴, 어떤 것은 조청같이 끈적거리는 접착제가 묻은 딱딱한 덩어리를 손아귀에 잔뜩 힘주어 떼어 내면 어른 손가락만 한 크기, 또는 어린애 팔뚝만 한 원통형의 건전지가 분리됐다.

별사탕이나 눈깔사탕 같은 걸 커다란 유리 항아리에 담아 놓고 파리를 쫓으며 지켜 앉은 구멍가게 할아버지는 그런 건전지를 하나씩 떼어 팔곤 했다. 한 쌍을 사면 꼬마전구를 하나씩 덤으로 준다 했다. 아니, 그건 덤이 아니라 필수다. 건전지만 가지고는 아무 소용이 없으니까.

여하튼 그 꼬마전구를 건전지와 연결된 작은 용수철에 끼우면 반짝, 불이 들어왔다. 밝았다. 오일장에서 계란과 바꿔다 쓰는 석유 등잔불에 비하면 제삿날 촛불도 밝은데 그것은 거기 비할 바가 아니었다. 바람이 불어도 꺼지지 않고 냅다 흔들어도 그대로 있었다.

어디 사용하던 건진 모르나 폐품인 것만은 분명한데 거기 남아 흐르는 전류가 빛을 내는 그 요상한 물건을 들고 나는 한밤중에도 이불 속에서 혼자 놀았다. 순전히 그걸 한 번 더 켜 보기 위해 한밤중에 일부러 뒷간에 가기도 했다. 그런데 얼마 후 누가 발견(그렇다, 그건 일대 발견이었다)했는지 그걸 가지고 새를 잡는다 했다.

초가 지붕에 사다리를 걸쳐 놓거나 키 큰 아이 목말을 타고
처마 밑 새 구멍을 쑤시는 거야 진작부터 익혀 온 방법이었다.
거기 소위 '덴지'라 불리던 그 물건이 위력을 나타낸 거다. 사
다리를 오르거나 목말을 타는 데까지는 전과 마찬가지, 한 손
은 덴지불로 새 구멍을 비추고 다른 한 손으로 구멍 속을 더듬
으면 거기 따뜻한 새알이나 가슴 휘둥거리는 어미새가 앉아 있
기 마련이고 목말을 탄 아이는 그걸 얌전히 꺼낼 수 있었다.

그렇게 꺼낸 새알은 볼 것 없이 삶아 먹었다. 어미새는 목을
비틀어 털을 뽑고 배를 갈라 내장을 꺼낸 다음 소금을 뿌려 등
걸불에 구웠다.

"참새가 말여, 쇠잔등에 올라 앉아 뭐라는 중 아남?"

"뭐라간디?"

"늬 괴기 한 근 허고 내하고 바꿀래? 그런댜."

어른들이 술을 마시며 말했다.

대숲 속에도 새집은 있었다. 처마 밑을 다 뒤지고 나면 대밭
으로 갔다. 새들은 눈부신 불빛에 날지 못했다. 푸드덕, 날다가
칠흑 어둠 속으로 곤두박질쳤다. 그것을 댑싸리비로 후려쳐 잡
았다.

목침 두세 개는 족히 묶어 놓은 크기의 대형 배터리도 있었

다. 어른들은 거기 멜빵을 달아 걸머지고 개울로 나갔다. 어디서 목이 기다란 장화까지 구해 신고 한 손엔 장님 지팡이 같은 막대기, 다른 한 손엔 뜰채를 들고 개울물 속으로, 또는 둠벙물 속으로 첨벙첨벙 들어갔다. 그리고 배터리와 연결된 막대기를 물 속에 담그고 이리저리 휘저으면, 붕어와 미꾸라지와 피라미는 물론 메기며 가물치, 민물장어까지 허연 배를 뒤집고 수면 위로 떠오르는 걸 가볍게 뜰채로 떠올려 양동이에 옮겨 담으면 끝이다.

잉어나 가물치 같은 큰 고기는 다루기가 쉽지 않다. 칼을 들고 비늘을 거슬러 벗기거나 배를 가를라치면 펄쩍 뛰거나 버둥거리다 손에서 빠져 나가기 일쑤다.

"한 번 지져 줘!"

때마다 누군가가 곁에서 한마디 거들고, 뒤늦게 도착한 배터리 담당이 우물가로 다가와 막대기 끝으로 한 번 고기를 슬쩍 건드린다. 그러면, 그 커다란 물고기는 펄쩍 한 번 뛰어오르거나 파르르 진저리를 치다가 잠잠해진다.

그 고기는 한참 후에야 마취에서 깨어난 듯 마침내 꼬리를 치거나 아가미를 벌떡거리는데, 그 때는 이미 배를 가르고 밸을 후벼 낸 뒤여서 꼬리, 머리 할 것 없이 토막난 다음이다. 그걸로 어른들은 매운탕을 끓이거나 튀김을 해 술을 마셨다.

# 3

갈대숲에서는 물총새가 울었다. 부리가 길고 초록색 날개가 반짝이는 것들이 갈잎을 흔들며 쪼르륵, 쪼르륵 울고 있다.

순덕이가 그물망을 들고 오더니 냇둑에 쪼그리고 앉았다. 게들이 일제히 구멍을 찾는다. 급한 김에 남의 집으로 들어갔던 놈이 조심스레 두 눈을 세우고 나와 쏜살같이 제 구멍을 찾아들기도 한다. 햇볕이 따갑다. 게들이 하나 둘 다시 눈을 세우고 구멍에서 나온다. 엄지발과 네 발 모두 털이 난 놈, 털은 없이 딱지만 반들반들 딱딱해 보이는 놈, 발 하나만 크고 붉은 놈, 그 밖에 크고 작은 이런저런 것들이 개흙을 밀어내며 기어 나와 거품을 내뿜고 있다.

그림같이 앉아 있던 순덕이 손이 번개같이 개펄을 가로로 휩쓴다. 몇 마리의 게가 순덕이 손에 잡혀 깡통 속으로 들어간다. 도망친 게들이 들어간 게구멍 속으로 순덕이 팔뚝이 쑥, 들어갔다 빠져 나온다. 손아귀엔 어느새 또 게뿐만 아니라 망둥이까지 한 마리 잡혀 있다.

순덕이는 납작한 돌 위에 게를 한 마리씩 올려놓고 돌멩이로 짓이긴다. 게딱지가 깨지며 풀물이 번진다. 갈잎을 먹은 게가 피를 토해 내는 것이다. 망둥이도 함께 짓이겨졌다.

으깨진 게를 베수건으로 싼다. 그리고 게를 짓찧던 돌멩이를 노끈으로 묶어 그물망에 매단다. 네 귀가 방패연 모양으로 줄에 묶인 그물망이 돌의 무게로 천천히 냇물 속으로 가라앉는다. 으깨진 게 냄새를 맡고 물고기들이 망 속으로 들어오면 조심조심 건져 낼 참이다.

순덕이가 일어서더니 주변을 살핀다. 물 밖으로 머리만 내놓고 있는 나는 갈대숲에 가려 보이지 않을 것이다. 순덕이가 쪼그려 앉아 옷을 내린다. 오줌을 누려는 모양이다.

"이 쪽이야!"

내가 작은 소리로 말했다.

순덕이가 얼른 옷을 올렸다.

"여기 있으면서 가만히 있었어?"

"응."

순덕이가 옷을 입은 채 물 속으로 미끄러져 들어온다.

"아이, 시원타!"

허리와 양쪽 가랑이 끝에 고무줄을 넣은 검정색 광목 바지가 물 속에서 풍선같이 부풀어 오른다.

"밥은 먹었어?"

"밥은 무슨……. 내 오늘 늬헌티 보여 줄게 있어서 보자구
혔는디…… 먼첨 와 있네."

"뭔데?"

"날 따라오면 돼야."

순덕이가 물장구를 치며 헤엄을 친다.

"난 저 쪽에 옷도 벗어 놨는디."

"그냥 따라와, 들판에 누가 보냐?"

수리 조합물이 수로를 따라 벙벙하게 흐르는, 냇물을 얼마
쯤 헤엄쳐 내려가면 일정 때 세웠다는 콘크리트 수문이 있다.
수문을 지나면 개펄과 갈대숲이었다. 순덕이는 물에 젖은 옷을
입은 채 갈대숲으로 들어가고 나는 아무래도 안 되겠다 싶어
옷 있는 곳으로 뛰어갔다. 뒤에서 순덕이가 깔깔거리고 웃었
다. 내 엉덩이를 본 것이다.

"밀물 때는 바닷물에 잠겨. 그렇지만 물이 빠지면 이렇게
섬이 되거든?"

강의 하구 쪽에 작은 모래섬이 있었다.

"……."

"내 땅이야."

순덕이가 말했다.

섬은 말조개 모양이었다. 바닥 밑은 다져진 개펄이었다. 그

위에 모래톱이 형성되고 있었다. 갈대숲이 우거지고 군데군데 잡목이 자라고 있었다. 이파리에는 개흙이 더께더께 묻어 있었다.

그 가운데 버드나무가 두세 그루 있고 놀랍게 사과나무가 한 그루 서 있었다. 새끼줄로 버팀목에 묶여 있었다. 일부러 심은 나무가 분명했다.

"전에 살던 집에서 캐 온 거야. 이사 올 때 가져와서는 뒷간 옆에 심었다가 지난 봄에 옮겨 심었어. 내 나무야."

순덕이가 다시 말했다.

"제련소 쪽에 하구 둑막이 공사가 시작되면서 여기 모래가 쌓이기 시작했어. 그 때 이 섬을 내 섬으로 정했어."

순덕이가 젖은 옷을 입은 채 모래 위에 누우며 말했다.

순덕이는 나보다 두세 살 위였다. 어른들에게 조숙하다는 말을 들었다. 학교에서는 박덕순으로 불렸다. 입학 때 남들 다 나오는 취학 통지서가 빠져 있어 알아보니 그 때까지 출생신고조차 안 돼 있어 이장님께 부탁했단다. 그런데 술취한 이장님이 깜박하고 순덕이를 덕순이로 신고해서 그렇게 됐다고 했다.

"난 나중에 우리 아빠같이 골골하며 평생 남의 집 허드렛일이나 해 주는 그런 남자에게 시집 안 가. 똑똑허구 건강한 신랑 얻어 내 땅에 곡식 심구, 닭 키워 병아리 까구, 아이들은 능금배

실컷 먹여 키울 거야."

순덕이는 그 날 이런 말도 했다.

엄마한테 박씨 부인전 애길 듣고, 자기 집도 아니면서 박씨 부인 처럼 울타리로 측백나무를 심었는데, 난리가 나면 그 나무들이 모두 병정이 되어 적군을 무찌를 거라 생각했는데, 물난리 때 물뱀들만 기어오르고 물이 빠지고 나니 모두 죽어 버렸다고 했다.

꿈 같은 이야기를 꿈꾸듯 말했다.


4

학교는 계속 쉬고 있었다. 교실에도 운동장에도 군인들이었다. 국기 게양대에는 붉은 별이 찍힌 깃발이 나부꼈다. 우리는 감나무 밑에서 의사 놀이를 했다.

나는 수수깡으로 만든 안경을 썼다. 안경 다리가 헐거워져 자꾸만 콧등을 타고 흘러내렸다. 고갤 쳐들면 감나무 꼭대기 가지 끝에 매달린 붉고 투명한 감이 몇 개 보였다.

순덕이는 섬에서처럼 누워 있다. 누운 채 치마허리를 내렸다. 까맣게 때 낀 배꼽이 보였다. 내가 순덕이 명치 아래를 여기저기 눌러 본다.

"이 동네 이사 와서 물지게 처음 졌을 적에는 가슴이 찢어지는 줄 알았어유."

순덕이가 연극 투로 말했다.

"지금은 어떻습니까? 이 동네는, 젖만 떨어지면 물지게를 진다는 말이 있지요."

나도 의사같이 말한다.

"가끔 아랫배가 아프구만유."

"여기?"

"그 아래."

"여기?"

"더 아래."

"여기?"

"그 밑에. 더……."

"예끼 놈들!"

지겔 지고 지나가던 허리 꾸부정한 노인이 작대기로 땅바닥을 딱, 쳤다. 내 콧잔등에서 수수깡 안경이 떨어지고 순덕이가 얼른 치마허리를 올리며 발딱 일어나 앉았다. 툭!

바람도 불지 않는데 감이 한 개 떨어졌다. 멋쩍던 차 잘됐다 싶어 뛰어가 떨어진 감을 찾았다. 꼭지 빠진 겉무른 홍시였다.

"에잇, 퉤. 벌레 먹은 거!"

"그러니까 떨어지지."

"의사 놀이 계속 해?"

"집에 가 봐야지. 또냄이가 깼을 거야."

순덕이가 서둘러 일어선다.

"같이 가."

나도 따라 일어섰다.

둠벙 물은 뽀글뽀글 거품을 내며 썩고 있다. 고인 물인 탓이었다.

"자꾸 푸른 똥만 싼단다. 아마 죽을래나 봐."

순덕이가 또남이 콧구멍에 붙어 있는 파리를 쫓으며 어른 투로 말했다. 커다란 코딱지가 콧구멍을 막고 있어 아기는 입으로 숨을 불며 잠들어 있다.

"약은 먹였남?"

나도 어른처럼 묻는다.

"약은 무슨 약!"

순덕이는 아무렇지도 않은 듯 대꾸하며 문 밖으로 횅하니 나갔다. 나는 어떻게 하면 저 코딱지를 빼낼 수 있을까, 생각했다.

"뭘 그렇게 들여다보니? 이거나 씹어 봐."

어느새 순덕이가 방 안에 들어와 있다.

"창고 뒤에서 훑어 온 거야. 꼭꼭 씹어. 씹다가 침을 자꾸 뱉어 내면 끔이 되거든."

햇밀이었다. 나는 순덕이가 건네 준 한 웅큼의 밀알을 입 안에 털어 넣었다. 그리고 씹기 시작했다. 입 안에 고이는 비릿하고 텁텁한 뜨물을 토방에 내뱉곤 했다.

"퉤, 자꾸 퉤!"

"알았어, 퉤!"

"또 퉤!"

"퉤!"

"이제 꺼내 봐."

"벌써?"

"그래도 한 번."

입 안의 것을 꺼낸다. 느른하다.

"늘여 봐."

"아직 이런 걸?"

"길게 늘여 봐."

"얼라. 늘여지네."

"그래, 그게 끔야. 끔이 뭐 별거니?"

순덕이는 손가락으로 잡아 늘이던 것을 다시 입 안에 넣고 씹기 시작했다. 나도 손가락에 묻은 묽은 밀가루 풀 같은 걸 핥아 씹으려다 그만 구역질이 나 토방에 내뱉고 말았다. 미군 비행기가 떨어뜨린 종이 상자 속에 들어 있던 바둑알 같은 미제 껌과는 비교가 되지 않았다.

"에이, 재미없다. 양초 토막이라도 있으면 존데."

"양초?"

"응. 양초를 씹으면 끔이 되거든."

"참 너는 아는 것도 많다. 가져올까? 제사 때 쓰던 것 집에 있는데."

"아니, 그냥 그냥 두고 이리 와 봐."

순덕이가 조심조심 토방으로 내려선다.

"왜? 어디?"

나는 자석에라도 끌리듯 토방으로 내려선다. 순덕이가 보릿짚대가 쌓인 헛간으로 들어간다.

"거기, 뭐 있어?"

"……"

"달걀?"

"아니, 그냥!"

순덕이가 보릿짚대 위에 눕는다.

"병원 놀이?"

내가 묻는데 순덕이 두 눈이 갑자기 똥그래진다.

"엄니 오내벼."

순덕이는 어느새 방 안에 들어가 있다. 그리고 무릎에 또남이를 안고 앉아 노랠 부르기 시작했다.

엄마야 누나야 강변 살자
뜰에는 반짝이는 금모래 빛

나도 어느새 방 안에 들어와 있다. 숙제장을 꺼내 놓고 구구단을 옮겨 쓰는 척한다.


## 5

물고기가 흐르는 물을 거슬러 오른다. 가을이 오면 봄에 오른 물고기가 여름내 살이 쪄 물길을 타고 내린다. 햇살이 눈부시게 가늘어지고 볏낱이 탱글탱글 영글 무렵이면 무논의 물을 천천히 뺀다. 초저녁 별이 떠오를 때 쯤 논둑길을 거닐다 보면 손바닥만큼씩 한 물게가 기어 나와 거품을 뿜으며 밥을 짓는다. 게가 내리는 철이다.

논둑에 초막을 세우고, 물꼬에 바지게를 세워 놓고 순덕이와 나는 내리는 게가 바지게로 기어오르기를 기다린다. 등불을 걸어 놓고 홑이불을 귀접어 둘러쓰고 밤이슬을 맞으며 내리는 게를 기다린다. 별이 머리 위에 내려온다. 커다란 물게가 물길 따라 내려오다가 엉금엉금 바지게 싸릿대를 타고 기어오르면 집게손가락으로 집어 양동이 속에 넣는다.

으스스 춥다.

"이 놈이 밥도둑이야. 이 놈을 쑤세미로 깨끗이 씻어 질동이에 넣고 간장을 끓여 식혔다 붓는다구. 서너 번 그렇게 장을 끓여 식혔다 부어 놓고 납작 돌을 눌러 놓으면 게장이 되는거. 그럼 그 게딱지 하나로 보리밥 한 사발 뚝딱!"

순덕이가 양동이 속에서 게를 한 마리 집어 들고 혼잣말하듯 말했다. 나는 순덕이 곁으로 다가앉는다. 순덕이도 내 곁으로 붙어 앉았다. 순덕이가 내 허리를 감싸안는다. 눈이 스르르 감긴다. 순덕이 어깨 위에 살그머니 고개를 놓는다. 순덕이가 아예 자리 편하게 앉더니 내 머리를 자기 무릎으로 받아 안는다. 잠결이지만, 나는 그걸 알면서도 그냥 잠든 척한다. 그러다 보면 그냥 잠든 적도 있었다.

둠벙에서는 잉어가 튀어오르며 달빛을 깨뜨리고, 순덕이는 내게 군인 잠바를 덮어 주었다.

갑자기 고모 생각이 났다.

121

"······글쎄 그 사람을 저수지 둑에서 만났지 뭐니. 난 일찌감치 설거지를 끝내구 뒷간에라두 가는 거 마냥 시치미 뚝 떼고 아버지 헌 고무신 질질 끌며 사립문을 나섰지 뭐. 속옷은 아침나절에 벌써 갈아 입었지. 그런데 저수지 둑에서 그 사람을 만났을 때 이미 오줌이 마렵기 시작했어. 허긴 그 날 하루 종일 뒷간에 드나들었는데, 그런데 또 왜 오줌이 그리 마렵던지. 걸으면서 조금씩 흘렸지 뭐니, 호호호. 속옷을 적시다가 나중엔 조금씩 다리를 타고 흐르더니 이젠 고무신 바닥에 고이기 시작했어. 미끈덕거리다가 나중엔 질퍽거리지 뭐니. 개구리라도 계속 울어 주면 좋으련만 개구리도 울음을 뚝 그치고 이젠 철퍼덕거리는 소리가 너무 크게 들려 어쩔 수 없이 저수지 둑에 쪼그려 앉았지 뭐니. 그런데, 산이 거꾸로 비친 저수지는 점점 어두워지는데 그 사람이 내 어깨 위에 한 쪽 팔을 돌려 안으려지 뭐니. 그 때 갑자기 큰 물고기 한 마리 철퍼덕 뛰어오르고 나는 너무나 놀라 그 때까지도 조금씩 지리기만 하던 걸 그냥 한꺼번에 싸버렸지 뭐니. 얼마나 부끄럽던지, 씨원하기도 하구, 호호호······."

'고몬 뭐 내가 맨날 어린앤 줄 아나, 그러니까 친구와 만날 때마다 너한테만 하는 얘기라며 그 대학생 형 얘길 하곤 또 했

122

지. 내가 옆에서 다 알아듣는 줄도 모르고, 흥!'

배밭은 지척에 있었다. 달이 밝았다. 배꽃이 화안했다. 멧새
가 울었다. 아주까리 잎새가 이슬방울 무게로 축축 휘늘어진
퇴비장 옆에 나는 쪼그리고 앉고 고모는 뒷간 안에 쪼그려 앉
았다. 고모가 오줌을 누었다. 뒷간문은 열린 채, 내가 고몰 보
고 웃고 고모도 날 마주 보고 웃었다.

"다 눴니?"

한참 만에 고모가 물었다.

"아직!"

나는 하늘을 쳐다본다. 서편으로 기운 달이 맷방석만치 크
다. 오동나무 잎이 반짝인다.

"고몬 다 눈겨?"

"그려."

고모가 고쟁이를 여미고 일어서며 치마를 내린다. 그리고
내 곁으로 다가와 아주까리 잎새를 딴다. 치맛자락에다 잎새에
묻은 이슬을 닦는다. 그걸로 내 밑을 닦는다. 차갑고 미끄럽다.
방에 돌아와 누웠을 때, 고모가 등잔불을 훅, 불어 끈다. 등불
이 꺼지자 창호 문살이 선명해진다. 문고리 주변에 수놓듯 끼
워 넣은 해바라기 꽃잎들도 뚜렷하게 살아났다. 고모 솜씨다.
슬그머니 팔을 뻗어 고모 가슴을 더듬는다. 동생에게 빼긴 엄

마 젖보다 작고 단단하다.

"애는······."

고모가 내 손을 치운다.

고모 애인, 그 대학생이 어느 날 군대에 갔다고 했다. 그러고 보니 큰댁에 가 본 지도 꽤 오래됐다.


## 6

해마다 여름이면 한 차례 물난리를 치렀다. 지대가 낮기 때문이다. 때마다 마을 사람들은 산 아래 안동네로 피난을 가곤 했다. 우리 집은 그래도 거기 큰댁이 있어 덜 불편했다.

"마누라는 읎어도 장화 읎인 못 사는 동네여."

어른들이 공회당 마당에 쪼그리고 앉아 물이 빠지기를 기다리며 말했다. 들판엔 황토물이 벙벙했다. 물이 빠지고 피난에서 돌아와 보면 장판 바닥에는 감탕 흙이 한 뼘이나 쌓여 있고 울타리에는 물뱀들이 기어올라 혀를 날름대고 있었다. 생난리였다. 그러나 전쟁은 난리 정도가 아니었다.

전쟁이 일어나고 얼마 안 돼서 정례네는 어느 날 밤 자취를 감추었다. 유성기, 라디오, 전화기 등 없는 것 없는 살림살이를 모두 그냥 놔 둔 채 몸만 빠져 나갔다고 했다. 정례네 집은 인민위원회 사무실이 됐다.

순덕이 아버지는 여전히 물지게를 졌다. 사람들이 많이 들고나니 하루 종일 등에서 물지게를 떼어 놓지 못했다. 그러나 기관수인 개똥 모자는 여전히 기름때 묻은 개똥 모자를 쓴 채 팔뚝에 완장을 하나 두르고 동에 번쩍, 서에 번쩍 했다. 방앗간 기계는 돌아가지 않았다.

순덕이 동생 또남이는 푸른 똥을 싸다가 소리 소문 없이 그냥 죽었다.

"페니실린 한 대만 맞혔으면 살렸을 텐디."

순덕이가 지나는 말같이 혼잣말을 했다. 페니실린 주사는 쌀 한 가마니 값이라고도 말했다. 그뿐 순덕이네는 변함이 없었다. 순덕이 엄마는 인민위원회에 가서 사람들 밥을 해 준다고 했다. 뭐가 어떻게 돌아가는지 알 수가 없었다. 아버지는 부엌에다 방공호를 파고 있었다. 우리 집 대장간 화덕도 불이 꺼진 지 오래였다.


논보리를 갈면 겨우내 오리 떼가 극성이다. 여린 보리 싹을 파먹기 위해 떼지어 날아온다. 허수아빌 세워도 허사다. 대나무 장대를 메고 들판으로 나간다.

"같이 가자."

순덕이가 말했다.

"춥지 않니?"

"응."

잘됐다 싶었다. 주머니 속에 성냥이 한 갑 들어 있기 때문이다.

가끔 순덕이는 우리 집으로 불을 얻으러 오곤 했다. 화롯불이 꺼지면 집안에 난리가 난다고 했다. 그래서 언젠가 순덕이 주려고 성냥 한 갑을 준비해 두었던 거다. 들판에 어둠이 깔리고 있었다. 그 밤에 오리 떼는 보이지 않았다. 논 귀퉁이에 쌓아 놓은 퇴비용 짚가리가 보였다. 바람막이로는 안성맞춤이었다.

"거렁뱅이가 자고 갔나, 피난민이 쉬다 갔나."

순덕이가 말했다.

짚가리 한 귀퉁이가 무너져 있었다. 짚토매를 뽑아 방처럼 꾸며 놓은 게 보였다.

"왜 오리가 안 오지?"

"오리들도 난리난 걸 아나?"

"성냥 줄게."

"성냥? 그래 줘."

순덕이 눈이 반짝 했다.

"알이 꽉 찼네."

"응. 벽장에서, 새거, 꺼냈어."

'몰래, 널 주려구'는 삼켰다.

"우리 여기서 의사 놀이 하까?"

순덕이가 말했다.

"여기서? 지금?"

"응, 어때?"

순덕이가 내 눈을 보았다. 오리는 오지 않고 다른 아무것도 오지 않았다. 거기서 순덕이의 섬이 보였다. 나무들이 모두 잎을 떨구고 갈대숲도 시들어 쓰러지고 꺾이고 볼품이 없었다. 나는 순덕이의 섬을 건너다보고 있고 순덕이는 그러고 서 있는 나를 바라보고 있었다. 그런데 어느새 오리 떼가 날아와 보리 싹을 뜯어 먹고 있었다. 꾹꾹거리는 소리가 소란하고 오리들이 물결치듯 움직이는 게 보였다.

"오리 떼가 왔네."

"응?"

"이러다가 혼나겠다."

나는 들판으로 장대를 휘두르며 뛰어갔다.

순덕이가 짚단 위에 털썩 주저앉았다.

## 7

"일꾼 양반이 돌아온대유."

강둑에 정자나무가 서 있고 그 옆에 팔각정이 있었다. 어느 핸가, 마을에 큰 물이 졌을 때 떠내려온 나무를 그냥 심심파적으로 꽂았는데 그것이 살아 잎을 피우고 가지를 뻗었다고 했다. 그래서 그 옆에 사람들이 일하다 비도 피하고 새참도 먹을 수 있도록 정자를 지었다고 했다. 그 정자에 앉아 있던 사람들이 벌떡벌떡 일어났다.

"죽진 않았구먼."

"사람이 이짝서나 저짝서나 진국잉게."

나는 이미 보았다. 수수깡 안경 밖으로 곧고 하얀 신작로, 차돌들이 햇빛에 반짝이는 길 위에서 처음엔 작은 점 같이 나타났다가 먼빛으로, 선홍빛으로 물든 바지 저고리를 걸치고, 길 양쪽으로 어우러진 아카시꽃 냄새 어지러운 한길을 걸어오는 사람. 흰 무명 바지와 광목 적삼이 온통 핏빛, 아니 자운영꽃빛, 아니 천방산 먼 산에 나무하러 갔다가 솔가루 짐에 꽂혀 오던 진달래꽃 빛이랄까, 순덕 아버지는 그렇게, 마치 이사 오던 그 날같이 머리는 질끈 무명 수건으로 동여매고 나무다리를 건너 절뚝거리며 저만치 가까이 오고 있었다.

손수건은 꼭 흑장미 빛이었다.

사람들은 멍하니 쳐다볼 뿐 누구 하나 손을 내밀지 못했다. 그런 사람들 눈앞을 순덕 아버진 비틀거리며 지나갔다. 눈을 허공에 두고 물 길어 대던 방앗간집 정례네를 지나, 우리 집 판자 울타리를 끼고 돌아 둠벙집으로 들어갔다.

그 날 밤, 아버지가 말했다.

"인민위원장이 말여, 어느 날 밤이 정례 아버지를 찾아왔대야. 그리구 이렇게 말했다는구먼. 우리의 숙청 대상은 일제 앞잡이 악질 경찰과 인민을 수탈한 악질 지주입네다. 그러나 이 혼란스런 와중에 그 선별이 어렵습네다. 내일모레 인민재판이 열리는데 어르신이 참석하믄 반드시 누군가가 불러 낼 테니 오늘 밤으로 피하시기 바랍네다."

아버지는 정말 인민위원장이라도 된 것처럼 '우리의 숙청 대상은……' 할 때는 목소리를 한껏 깔며 실감나게 말했다.

"그래서유?"

엄마가 아버지를 바라보았다.

"그런디 놀랍게두 순덕 애비가 정례 아버지를 숨겨 살려 냈다지 뭐여."

"워떻게유?"

"창고 속에 일정 때부터 비밀굴이 있었다나 워쪘다나. 자세한 속내야 내가 워떻게 알겄어?"

"식구들은유?"

"아, 식구들이야 애들서껀 외갓집에 가 있었겄지 뭐."

"아, 그런디 왜 읎는 순덕 애비, 아니 그 착헌 일꾼 양반은 잡어다 그렇게 조져 놨대유? 이편쩍이나 저편쩍이나 물 길어다 댄 죄배끼 읎구, 거기다 정례 아버지 같은 으른꺼정 숨겨 줬다는디……."

"그 속을 내가 워찌 알겄어. 그런 걸 알문 내가 면장 허겄네, 뭐."

"면장은 아무나 허냄유."

"그렇게 말여, 어서 불이나 꺼."


"장독(매맞아 골병든 데)에는 똥물이 젤유."

사람들이 말했다.

"맞어, 장독에는 똥물이 약이랴."

똥물도 그냥 똥물이 아니라 오래 묵은, 그것도 남정네가 주로 드나드는 큰길 가 것이라야 효험이 있다 했다.

우선 커다란 유리병을 깨끗이 닦아 놓고 솔잎을 따다 간추려 병 주둥이를 미어지게 틀어막는다. 그러고는 기다란 줄로 병 모가지를 묶는다. 거기 돌멩이를 매달아, 그 무게로 똥물 속에 가라앉게 한다. 줄을 가늠하여 가능한 한 병을 세우고 그것이 쓰러지지 않도록 한 쪽 끝을 뒷간 기둥에 묶어 놓는다. 원래는 왕대를 잘라 똥통 속에 담갔다가 마디마디 절로 고인 물을 먹어야 진짜 약이 되는데 그것은 똥물이 고이는 시간이 느려 급한 환자에겐 소용 없다 했다.

돌멩이 매달린 병은 빈 병이지만 돌 무게로 변소 밑바닥에 가라앉은 채 서 있고, 곰삭은 똥물은 솔잎과 솔잎 틈으로 스며들어 한 방울씩 병 안에 고이게 마련이다.

얼마 후, 건져 올린 유리병엔 마치 폭 익어 가라앉은 술독에 용수를 박아 떠낸 청주같이 투명한 똥물이 가득 차 있었다. 순덕이는 우선 병 거죽을 깨끗이 씻어 내고 솔잎마개를 뽑아 냈다. 그러고는 사기 대접에 똥물을 반 넘게 따랐다.

"아부지, 약 드서유."

순덕이가 무릎 꿇고 목 메인 소리로 말했다. 순덕 엄마는 순덕 엄마대로 어디서 구렁이를 한 마리 잡아다 둠벙가 대추나무 가지에 모가지를 묶어 매달고 찬송을 부르며 그 껍질을 벗기고 있었다.


천부여 의지 없어서

손들고 옵니다아…….


## 8

고모가 죽었다.

의용군으로 뽑혀 간 대학생 애인의 전사 통지가 온 후, 저수지 둑에서 고모 신발이 발견됐다고 했다. 나는 앓아 누웠다. 아무것도 먹질 못하고 계속해 코피를 쏟았다. 코피를 코로 쏟다가 입으로 토해 내다 못해 삼켜서 똥까지 시커멓게 누었다. 무슨 일이 터지고 잦아드는지, 잦아들다 불거지는지 나는 알지 못했다. 그렇게 얼마가 지났는지, 밤이 가는지 낮이 가는지 나는 허공을 둥둥 떠다녔다. 할머니는 순전히 나를 살려 내려는 일념으로, 끝내는 악으로 견뎌 내고 계셨다. 잡귀가 붙었다고 했다. 무당을 불러다 굿을 했다. 고모 넋을 건지는 굿에 이어지는 큰 굿이었다. 그 굿판에 엉뚱하게 순덕 어미가 뛰어들었다. 비녀는 어디다 빠뜨렸는지, 낭자는 풀어 산발인 채 '순덕아, 순덕아' 소릴 지르며 펄쩍펄쩍 뛰었다. 베적삼 앞섶은 벌어지고 해진 검정 고무신은 겨우 엄지발가락에 코만 걸친 채 무슨 헛것이라도 보이는지 양팔을 치켜들고 손목은 연신 물에 빠진 이

허우적대듯 까불어대며 다급하게, 찢어진 무명 치맛자락 바람처럼 휘날렸다.

"순덕아!"

"순덕아!"

순덕 어미는 순덕이가 죽은 이후로 낮이나 밤이나 비가 오나 눈이 오나 바람이 부나 찢어지는 소리로, 날 선 소리로, 때로는 젖은 목소리, 때로는 마른 목소리, 쩍쩍 갈라지는 목소리로 울부짖었다.

마른 개흙 먼지만 풀풀 날리는 갯둑을 쏜살같이 오르내리며 소릴 질렀다.

"순덕아!"

"순덕아으!"

울부짖다가는 맨땅에 퍼질러 앉아 고무신짝으로 땅바닥을 치며 사설을 늘어놓았다.

"지지배가 즈이 아부지 대신 간겨. 왜 쌩뚱맞게 갈밭에 가서 죽냐구! 거기 뭐가 있다구 거길 갔다 총 맞어 자빠졌어 글쎄, 순덕아!"

내 귀엔 순덕이 엄마 목소리가 순덕이 목소리로 들렸다.

"여기는 내 땅여, 이건 내 능금나무란 말여. 나는 결단코 우리 아버지처럼 살진 않는단 말여."

나는 잠시 정신을 얻었다가 다시 놓았다. 나중에 알게 된 일이지만, 순덕이는, 무엇인가 먹을 것을 얻으러 간 줄 알았다고 했다. 그런데 며칠째 돌아오지 않았고 그 사이 쌕쌕이 공습이 있었던 모양이다. 아니 공습 훈련이 있었나 보다. 그 무렵 우리 집 대장간 화덕엔 다시 불이 지펴지고 모루를 두들기는 아버지의 망치 소리가 들리기 시작했다. 순덕이는 어쩌면 쇠붙이를 주우러 사격장 언저리를 배회했는지도 모른다. 우리 집에 갖다 주려고 말이다. 대장간에서는 쇠붙이가 필요했으니까.

순덕이는 조개 섬에 누운 채 숨져 있었다고 했다. 피를 많이 흘려서인지 얼굴빛은 백지장 같고 순덕이 목숨을 가져간 미제 기관 총알은 겨우 그 애의 가느다란 허벅지를 뚫고는 제 할 일 다 했다는 듯 광목 치맛자락 밑에 옆으로 누워 있더라고 했다. 그 옆에는 뒤틀린 철판 조각과 포탄 조각도 하나 놓여 있었는데 그 중 한 개에는 U.S.A. 세 글자가 선명히 찍혀 있더라고 했다.

나는 그 날 밤, 잠결에 엄청난 폭발음을 들었다. 혼절했다가 정신이 다시 들었는데 순덕이의 조개 섬에 누워 있었다. 눈앞에 사과나무가 보이고 그 중 한 가지에 순덕이의 꽃신 한 짝이 걸려 있었다. 외짝의 꽃신이 바람에 깃발같이 흔들리는 꿈이었다.

## 9

국기 게양대에 깃발이 두세 번 바뀌어 걸리더니 마을은 겨우 평온을 되찾은 것 같았다. 정례 아버지는 무사히 돌아와서 의용소방대장 모자를 다시 쓰고 전보다 좀 들어가긴 했지만 아직도 깍찌동만한 허리에 두껍고 폭넓은 가죽 허리띠를 띠고 뒤뚱거리며 출근을 하더란다. 방앗간 기계도 다시 돌아가며 보리방아를 찧기 시작했지만 기관수는 이제 개똥모자가 아니었다. 그는 북으로 인민위원장을 따라가지도 못하고 어디 숨어 있다가 다리 밑 간살대에 목을 매고 죽었다고 했다. 그 곳은 여름철 삼복더위에 사람들이 개를 패잡아 짚불을 놓고 그슬던 장소였다.

정례는 서울로 전학을 보낸다고 했다. 말은 낳아서 제주도로 보내고 사람은 낳아서 서울로 보내야 한다고, 그래서 그런다고 했단다. 순덕이 아버지는 아직 자리에서 일어나지 못하고 있었다. 일어나기만 하면 정례네 물을 다시 길어 댈 것이라고 했단다.

순덕이가 자기 아버지 물통을 저만치 쪄다 놓고 다시 자기 물초롱을 또 저만치 져다 놓는 사이, 순덕이 아버지는 빈 물지게를 등에 걸친 채 길가에 쪼그려 앉아 기침을 해 대면서도 담배를 피우는 모습이 눈앞에 어렸다.

"내일 지구의 종말이 온다 혀두 오늘 한 그루 사과나무를 심어야 한다."

조개섬의 사과나무 밑에 누운 채 하늘을 올려다보며 순덕이가 말했다.

"누가 그랴?"

내가 물었다.

"위인전에 그렇게 써 있어."

"그건 속담인감?"

"……."

순덕이는 대꾸가 없었다.


뒷문 밖에는 갈잎의 노래
엄마야 누나야 강변 살자


나는 바람 부는 나무다리 위에 서 있다. 순덕이 노래가 다시 들려온다. 나는 보았다. 첫날밤 신랑 신부가 함께 벤다는 긴 베개처럼 홑이불에 둘둘 말린 순덕이가 지게 위에 가로놓여 산으로 간다. 꽃신을 신고 춤을 추며 갔다. 하늘 저만치, 순덕이가 늘 머릴 빗던 얼레빗 모양의 무심한 낮달이 허공중에 걸려 있다.

# 여전히 인간 회복을 꿈꾸며

매년 5월 첫 번째 일요일이면 고향 마을 큰 소나무 밑에서 〈문중의 날〉 행사가 있다.

고향은 많이 변해 있었다. 우선, 대천 역사(驛舍)가 들판 한가운데로 옮겨져 있었다.

중학교 시절, 왕복 30여 킬로미터를 걸어서 통학할 때, 어쩌다 기차를 만나 도둑차를 타게 되면, 역무원 몰래 빠져 나가려다 철조망에 걸려 교복 바짓가랑이를 찢어 먹곤 했는데, 이젠, 집찰구나 개찰구는 물론 역무원 한 사람 보이지 않고 에스컬레이터와 엘리베이터까지 설치된 초현대식 건물로 바뀌어 있었다.

소설 『다섯 시 반에 멈춘 시계』(문원, 2001)의 배경이 되는 간이 화장실과 옛날 역사 자리에는 문화원과 〈이문구문학관〉이 세워진다는 소문이었다.

〈문중의 날〉이 처음 제정된 20여 년 전만 해도 출향인과 재향인이 1년 만에 만나 회포를 푸는 날, 너나없이 가슴 두근거리며 하루 전에 내려와 4촌이나 6촌네, 혹은 종손댁 사랑방에 모여 끼리끼리 밤새 어울리곤 했다. 그런데 나는 머뭇거리고 있었다. 그러다가 생각난 듯이 인근에 사시는 고모님을 찾아뵈려고 전화를 걸었다. 그런데 얼마 전 대전으로 이사를 가셨다고 했다. 세상에, 아버님대 오직 한 분 남아 계신 고모님이 어디 사시는지도 모르고 지내다니……. 나는 4촌 내외가 사는 고향 집이 아닌 해수욕장행 버스를 탔다. 그리고 비를 맞으며, 바닷가를 배회하다가 한 호텔에서 밤새 뒤척였다.

고향 집들은 언제부턴가 초가나 와가(瓦家)에서 슬레이트 지붕으로, 위 아래채 사랑채에서 단독 주택으로, 4촌네나 큰댁 다름없이 주택 구조가 바뀌어 있었다. 부엌은 입식으로, 화장실도 집 안으로 들어왔다. 바뀐 건 주택 구조뿐만이 아니다. 그만치 인간관계가 소원해졌다는 얘기다.

출향인들을 맞이하는 재향인들의 모습 또한 많이 변했다. 우선 어린아이들이 보이지 않았다. 전날부터 집집마다 떡을 하고, 참기름, 들기름, 고춧가루, 깨소금 등을 크고 작은 용기에 담아 놓고 동구 밖을 내다보며 피붙이를 기다리던 이들은 이미 너무 많이 늙었다. 손이 부족하여 이동식 뷔페로 점심을 때워야 했다.

가족 소개와 장기 자랑으로 들뜨고 떠들썩했던 자리는 조상님이 남겼다는 어디어디 땅값이 많이 올랐는데 그것 그냥 팔아 나눠 갖는 게 어떻겠느냐는 말이 진지한 토론으로 변했다.

"……고생스런 인생살이—라면, 그 뉘에게도 지지 않을 강 아무개 형은 참으로 용케도 우리가 일찌감치 포기했던 고향을 붙잡고 있다. 그리고 바보스럽게도 우직하게 되풀이하여 그것을 얘기하려 하고 있다……."

1973년 여름, 내 첫 번째 문집 『아가의 꿈』의 발문에서 동화 작가 이현주 목사는 이렇게 적고 있다. 그 책에서도 나는 고향이야기를 했던 모양이다. 그 무렵 나는 능곡리 (현재 시흥 시청이 있는 곳)에서 10년째 야학을 하고 있었는데, 그로부터 어언 35, 6년의 세월이 지났다. 그런데 나는 아직도 고향 이야기를 붙들고 있다. 표제작 「새가 날아든다」가 그것이다.

내가 말해 오고, 말하고, 말하려는 것은 단순히 잃어버린 것에 대한 향수가 아니다. 회복되어야 할 우리네 인간의 본향을 의미한달지.

『토끼의 눈』(푸른책들, 2004)에 이어서 두 번째 책을 묶어 준 〈푸른책들〉과 그림을 그려 준 아들 태일에게 고마운 마음을 전한다.

2009년 봄을 보내며
강정규

**청소년을 위한 〈중·단편 소설집〉, 더 읽어 보세요!**

# 강 정 규

1941년 충청남도 보령에서 태어나 서라벌예술대학 문예창작과를 졸업했다. 월간 〈소년〉과 〈현대문학〉에 동화와 소설이 각각 추천되어 작품 활동을 시작했으며, 대한민국문학상·한국아동문학상·방정환문학상·세종아동문학상 등을 수상했다. 지은 책으로 동화집 『다섯 시 반에 멈춘 시계』, 『못난 바가지들의 하늘』, 『돌이 아버지』, 『큰 소나무』, 『병아리의 꿈』, 청소년소설집 『토끼의 눈』 등이 있다. 현재 단국대학교 예술대학 예술학부 초빙 교수로 있으며, 아동문학 계간지 〈시와 동화〉 발행인을 맡고 있다.

**푸른도서관**은 10대에서 20대까지 눈부신 성장을 거듭하는 푸른 세대를 위한 본격 문학 시리즈입니다.

＊〈푸른도서관〉 시리즈는 계속 나옵니다!